Wenn das

kleine

Weihnacht

kommt.

Günter

PETER ASSION

Das Waschweib

Eine Beueler Kriminalgeschichte

Man darf der Bequemlichkeit des Körpers nicht nachgeben.

Paula Kappes

Von Peter Assion sind weitere Kriminalgeschichten erschienen:

Der tote Penner
Mord am Funkenmariechen
Muffensausen
Hermine Pfefferkorn schnallt ihr Bein ab
Der Kamellendieb
Lombardo und die Tote im Rhein
Treffpunkt Münsterplatz
Der alte Mann und das Mädchen
Tod im Stadthaus
Herbstblätter
Das Mädchen am Fenster
Dreck am Stecken
Der Katzenmörder von Rheinbach
Der fiese Möpp von Muffendorf
Mord im Münster
Rache am Drachenfels
Der vergiftete Joghurt - Erpressung in Sankt Augustin
Das Waschweib - Eine Beueler Kriminalgeschichte

PETER ASSION

Das Waschweib

Eine Beueler Kriminalgeschichte

VERLAG
DIVOSSEN

Peter Assion
Das Waschweib
Eine Beueler Kriminalgeschichte

VERLAG WALTER J. DIVOSSEN
Burbankstr. 28
53229 Bonn
Ruf 0228 48 21 92 - Fax 0228 48 22 63
Gesamtherstellung: VERLAG DIVOSSEN

ISBN 3-931543-53-6

Personen der Handlung

Paula Katharina Kappes,
Ende fünfzig, Witwe, wohnt in der Rheinaustraße in Beuel

Frieda Klapperich, Schwägerin von Paula Kappes

Albert Oedekoven, Wohnungsnachbar von Paula Kappes

Henriette Oedekoven, Ehefrau von Albert Oedekoven

Carlo Santini, Ehefrau Mirella, Kinder Rodolfo, Marcello und Musetta; Nachbarn von Paula Kappes

Elvira Pützenbach, Wohnungsnachbarin von Paula Kappes

Eberhard Kaiser, Immobilienhänder, hat sein Büro im Wohnhaus von Paula Kappes, er wohnt in Vilich-Müldorf

»Fritz«, Rauhhaardackel

Holthausen, Hausverwalter

Carolus B. Hillenkamp, Unternehmer, wohnt in Hangelar-Niederberg

Grete Hillenkamp, Ehefrau von Carolus Hillenkamp

Josefa Hubbelrath, genannte Hubbel, Freundin von Paula Kappes

Emma Hambach, Obermöhn, Freundin von Paula Kappes

Johnny und *Friedensreich,* zwei junge Männer

Bernie und *Moha,* zwei Halbwüchsige

Lülsdorf, Overath, zwei Hauptwachtmeister der Polizeiwache Beuel

Karl Maria Hartung, Kriminalhauptkommissar

Susanne Brentano, Kriminalinspektorin

Feuser, Kriminalkommissar

Mahlmann, Kriminalinspektor

Feldmann, Kriminalhauptwachtmeister

Dr. Klötzer, Polizeiarzt

Doktor Landmann, Tierarzt

Februar 1999

Mo	Di	Mi	Do	Fr	Sa	So
1	2	3	4	4	6	7
8	9	10	11	12	13	14
15	16	17	18	19	20	21
22	23	24	25	26	27	28

11.2. Weiberfastnacht

Das Waschweib ist eine erfundene Kriminalgeschichte. Übereinstimmungen mit der Wirklichkeit mögen Zufall oder Absicht sein. Der geneigte Leser möge es herausfinden!

Peter Assion

1.

Dir werde ich es noch zeigen!

»Du bist hinter allen Männern her! Du Schlampe! Denke nicht, daß ich es nicht merke!« Er holte aus, um ihr ins Gesicht zu schlagen. Immer, wenn er auch nur ein bißchen trank, fühlte er sich als starker Mann.

Was ist schon mit ihm los? Nichts! dachte sie und lehnte sich ein bißchen nach hinten, so daß der Schlag ins Leere ging.

»Scher dich zum Teufel, du alter Sack!« sagte sie und tat so, als sei er nicht im Raum.

»Dir werde ich es noch zeigen!« begehrte er noch einmal auf, bevor er zur Seiten sank.

Da muß sich dringend etwas ändern, sagte sie sich.

4. Februar 1999, Donnerstagmorgen

2.

Sie war froh, daß sie das hinter sich hatte

Paula Katharina Kappes schlief um so schlechter, je älter sie wurde. Wieder hatte sie mehrere Stunden wachgelegen. Hatte sich von der einen auf die andere Seite gewälzt und den Morgen herbeigesehnt. Immer wieder hörte sie das dunkle, dumpfe Tuckern der Schiffe auf dem nahen Rhein, die auch nachts fuhren. So ein neumodisches Zeug wie Radar machte ihnen das möglich. Paula versuchte sich dazu zu zwingen, nicht über sich und ihr Leben nachzudenken, denn, wenn sie sich das gestattete, war erst recht nicht mehr mit Schlaf zu rechnen. An ihren schon vor Jahren verstorbenen Mann Friederich mochte sie nicht denken. Sie hatten sich nicht immer gut verstanden, trotzdem hatte sie das Gefühl, er habe sich aus ihrem Leben geschlichen. Er hätte es ihr nicht antun dürfen, sie so einfach allein zu lassen.

Paula sah auf die elektrische Uhr mit den beleuchteten Ziffern. Es war Anfang Februar und fünf Uhr in der Früh. Es dauerte noch etwas, bis es hell wurde. Sie trank von ihrem Mineralwasser, das sie in einem Glas auf dem Nachttischchen stehen hatte. Es schmeckte schal, aber sie hatte keine Lust, sich neues Wasser einzugießen. Irgendwie wollte sie sich auch damit bestrafen: Geschah ihr recht, daß sie auch das Getränk ekelig fand.

Die ersten Frühaufsteher knallten Autotüren, ließen den Motor warmlaufen, obwohl das nicht erlaubt war und fuhren endlich lärmend los. Paula wohnte im Parterre und hatte ihr Schlafzimmer nach vorne heraus. Das war seit dreißig Jahren so. Daß sie immer noch das große Ehebett benutzte, wenn auch nur die eine Hälfte, war keine Gefühlsduseligkeit, weil sie etwa das Andenken an Friederich in Ehren halten wollte. Sie hatte nur schlichtweg keine Lust, etwas zu ändern.

Wieder hatten Einige ihre Autos auf dem Bürgersteig unmittelbar vor Paulas Fenster geparkt, obwohl das ausdrücklich verboten war. Auch die Oedekovens und die Santinis taten das. Und der junge Kroppschinski - wie der richtig hieß, konnte sich doch kein Mensch merken - machte das sowieso. Hatte nen Sportflitzer. Wahrscheinlich war er es, der jetzt den Motor so herausfordernd frech startete. Mußte sie mal wieder der Polizei Bescheid sagen. Alten ehrbaren Menschen die verdiente Bettruhe rauben. Das ist Körperverletzung, sowas gehört bestraft. Endlich fuhr der Kerl los. Heute nachmittag würde sie sich ihn vorknöpfen. Schließlich wohnte sie etliche Jahre länger in dem Haus.

Als Paula wieder auf die Uhr sah, war es halb sieben. Hatte sie doch tatsächlich ein bißchen geduselt. Ist doch klar, sie hätte gar keine Uhr gebraucht, die Pützenbach eine Etage höher ließ ihre Dusche laufen. Das dauerte mindestens eine Viertelstunde. Schon der Wasserverbrauch, den konnte sie dann mitbezahlen. Und wieso muß sich einer morgens so lange duschen? Die wird es schon nötig haben, so wie die aussieht. Ob sie mal wieder einen Kerl bei sich hat? Da mußte sie gleich einmal aufpassen.

Die Dusche von der Pützenbach rauschte immer noch. Paula wurde es im Bett ganz warm, der Zorn stieg ihr in den Kopf. Sie machte Licht, sprang aus dem Bett, nahm den Besen, den sie immer bereitstehen hatte, und stieß mit dem Stiel gegen die Zimmerdecke.

Paula hielt einen Moment inne. Die Dusche lief immer noch. Warum war auch das Haus so hellhörig. Sie konnte im Parterre hören, wenn einer im dritten Stock einen Furz ließ.

Wieder klopfte sie gegen die Zimmerdecke. Endlich war die Dusche still. Dafür lief nun ein Radio. Irgendein blöder Tralalaschlager, um die Leute munter zu machen. Kam das auch von der ersten Etage? Paula war sich nicht ganz sicher. Unentschlossen stand sie da.

Sollte sie wieder ins Bett gehen? Oder brachte es was, wenn sie wieder gegen die Zimmerdecke klopfte?

Sie fand doch keinen Schlaf mehr. Darum zog sie die Rolladen hoch. Jetzt, kurz vor sieben Uhr, war es draußen immer noch ziemlich dunkel. Ende März würde die Uhr wieder um eine Stunde vorgestellt werden. Das mit dem Uhrenvorstellen und Uhrenzurückstellen hatte sie nie verstanden. War es dann im Winter abends länger hell, dafür morgens länger dunkel? Oder wie war das? Ihr Friederich hätte ihr das schon richtig erklärt. Aber der war vor zwanzig Jahren gestorben.

Paulas Schlafzimmer lag so, daß sie auch hörte, wenn jemand die

Treppe hinauf oder hinunter ging. Jetzt vernahm sie Schritte, die von oben kamen. Wer mochte das sein? Wenn sie sich an eine Fensterecke stellte, konnte sie noch gerade sehen, wer ins Haus kam oder hinausging. Natürlich versteckte sie sich hinter der Gardine. Jemand ging aus dem Haus, selbstverständlich wurde die Tür zugeknallt. Die Türbremse war seit Wochen kaputt, und Paula hatte schon ein paar mal Holthausen, den Hausverwalter, darauf hingewiesen. Natürlich hatte der keine Zeit. Wie sollte er auch!

Da kam ein junger Mann aus der Haustür. So ein flotter Kerl. Schikker Mantel, roter Schal, die Haare sportlich lang von einem teuren Friseur, unter der Nase ein Schnäuzer, wie eine kleine Schuhbürste für schwarze Creme. Er schaute nach oben und winkte. War der bei der Pützenbach gewesen?

Der junge Mann ging auf die andere Straßenseite, dort stand ein kleiner, roter Sportwagen, Paula kannte sich in den Marken nicht so aus, war vielleicht was Italienisches. Friedrich hatte für Autos geschwärmt. Aber es hatte nur zu einem klapprigen Volkswagen gereicht. Wieder winkte der Mann. Er sieht ja ganz flott aus, dachte Paula. So einer von der Sorte, vor der sie sich in jungen Jahren in acht genommen hatte. Vielleicht hätte sie mal so einen ausprobieren sollen. Dann wäre sie nicht auf so einen Lahmarsch wie Friedrich reingefallen. Das *Lahmarsch* strich sie sofort wieder im Geiste.

Der junge Mann mit dem roten Schal in dem roten Auto ließ den Motor heulend an und fuhr mit Volldampf los. Mit der einen Hand steuerte er, mit der anderen winkte er. Stand die Pützenbach oben am Fenster? Bestimmt war der Kerl bei der Pützenbach gewesen. Wenn der wüßte, daß da gestern noch ein anderer gewesen war. Und der fuhr keinen roten Flitzer, sondern einen dicken, silberfarbenen Mercedes. Die Automarke kannte sie.

Paula riß das Fenster auf, um frische Luft in ihr Schlafzimmer zu lassen. Dann ging sie ins Bad, um sich zu waschen. Nachdem sie herausbekommen hatte, daß ihr Wasserverbrauch allein nach dem kalten Wasser, das sie verbrauchte, bemessen wurde, war sie großzügig. Verwendete möglichst heißes Wasser. Trotzdem verzichtete sie meist aufs Duschen. Mit einem Waschlappen ging es auch. Dann ging sie ins Schlafzimmer zurück und zog sich an. Von oben kam immer noch diese ekelhaft dudelnde Tralalamusik. Ihre Laune wurde dadurch nicht besser. Dennoch freute sie sich auf einen ordentlichen Kaffee zum Frühstück. Aber zuerst mußte sie sich die Zeitung reinholen, sie lag wie jeden Morgen unten im Hausflur. Oedekovens vom zweiten Stock standen spät auf. So konnte sie sich den General-Anzeiger für eine Viertelstunde ausleihen. Sie interessierte sich ja sowieso nur für die Beueler Lokalseite. Welche Frau in ihrem Alter interessiert sich schon für Politik? Unter ihren Bekannten war jedenfalls keine einzige. Und für Sport sowieso nicht. Ihr Friederich, na ja, Gott hab ihn selig, der hatte nur Fußball im Kopf. Schaute sich nichts als den Sportteil in der Zeitung an. Und wenn abends mal ein Fußballspiel im Fernsehen lief, dann war sie abgeschrieben. Und das bißchen Zärtlichkeit mußte auf den nächsten Tag warten. Ein Glück, daß das alles vorbei war.

Paula saß in ihrer kleinen Küche am Tisch mitten im Zimmer. Die Zeitung hatte sie ausgebreitet, daneben stand der Teller mit den Brötchen und der Becher mit dem Kaffee. Ein Artikel interessierte sie: Der fünfzigtausendste Besucher des Heimatmuseums war ein Kind. Ein Foto, darauf das Kind mit seiner Großmutter, dahinter der Heimatvereinsvorsitzende und der Museumsleiter. Alle strahlten in die Kamera. Die Zeitung mußte sie gleich wieder runterbringen. Sie wollte ja nicht unbedingt schon wieder Ärger. Mit ihm, Albert Oedekoven, kam sie ja ganz gut zurecht. Er war frühpensioniert, hat irgendwas an der Bauchspeicheldrüse. War in ihrem Alter. Seine Frau, Henriette hieß sie - wie kann man nur in Beuel Henriette heißen? - war mindestens fünfzehn Jahre jünger als er. Machte sich schick wie eine Modepuppe. Die Haare strohblond, die Lippen knallig rot, die Augen schwarzumrandet, als habe sie andauernd Trauer. Und hatte immer so auffällige Klamotten an. Schreiende Farben und superkurze Röcke, daß man von der unteren Treppe wer weiß was sehen konnte, nur keine anständige Unterwäsche. Der Albert war ja in Ordnung. War ruhig, redete nicht viel, machte kein Gedöns. Und weil er frühpensioniert war, stand er auch nicht so früh auf. Und sie, das Madämchen, ja sowieso nicht. Darum konnte sie auch die Zeitung morgens ausleihen. Aber es war Zeit, daß sie sie jetzt wieder zurücklegte. Sie wollte ja schließlich keinen Ärger.

Paula räumte das Frühstücksgeschirr fort, stellte es in die Spüle; sie konnte es später mit dem Mittagsgeschirr saubermachen. Das sparte Wasser.

Danach machte sie ein wenig Hausputz, dann hatte sie das für den Tag hinter sich. Man konnte auch alles übertreiben. Es war vielleicht für den Staubsauger noch ein bißchen früh. Aber, was soll es. Ein rechtschaffender Mensch steht morgens früh auf. Und wenn die Pützenbach über ihr sich wieder in die sündige Falle gehauen hatte, dann geschah es ihr nur recht, daß der Staubsauger ihr ein Schlummerliedchen blies. Es machte ja auch nichts, wenn man die Türen ein wenig lauter als sonst üblich schlug. Es hat eben alles seinen Preis. Na ja, der Oedekoven von der zweiten Etage, das war ja ein netter, ruhiger Mann. Daß der sich ausgerechnet so ein Weib geangelt hatte? So ein aufgedonnertes. Die paßte eigentlich gar nicht zu ihm. Manchmal spielte Paula mit dem Gedanken, daß er ihr Mann wäre, aber dann schämte sie sich und zog den Staubsauger holpernd über den Boden. Solche Gedanken brachten nichts. Mit den Männern gab es doch nur Ärger. Sie war froh, daß sie das hinter sich hatte. Manchmal träumte sie schon davon, einen Menschen zu haben, mit dem sie ihr Leben teilen konnte. Es war nicht für sie bestimmt. Und sie kam gar nicht erst auf die Idee, das zu ändern. Jetzt, wo sie wie ein Putzteufel durch die Wohnung fuhr, hatte sie ganz vergessen, daß es Jahre nach dem Tod von Friederich den einen oder anderen Mann in ihrem Leben gegeben hatte.

3.

Pass op, du kriechs nur Ärjer

Als Paula Katharina Kappes mit dem Saubermachen fertig war, zog sie sich den Wintermantel und die Winterschuhe an, nahm die Einkaufstasche, schaute kurz auf die Küchenuhr und verließ die Wohnung.

Es waren nur wenige Stufen bis zum Hausflur. Albert Oedekoven kam ihr entgegen, er trug Morgenrock und Pantoffel, in der Hand hielt er die Tageszeitung.

»Tag, Frau Kappes«, sagte er und lächelte freundlich.

»Morgen«, erwiderte Paula und konnte es nicht lassen hinzuzufügen: »Stellen Se sich vor, da hat doch die Pützenbach schon wieder nen Mann über Nacht jehabt!«

»So so!« meinte Oedekoven, »Was geht mich das an.« Er nickte Paula noch einmal zu und ging ohne Halt weiter die Treppen hinauf.

Paula schüttelte den Kopf und schaute ihm hinterher. Aus den Männern wird man manchmal nicht schlau, dachte sie.

Als Paula auf die Straße trat, schlug ihr kalte Luft entgegen. Es war ja schließlich Anfang Februar. Bis jetzt war es ein ziemlich trockener Winter gewesen. Paula hoffte, daß es so blieb. Wenn es erst mal ununterbrochen schneite und dann schlagartig taute, besonders am Oberrhein und den Nebenflüssen, dann gab es womöglich wieder Hochwasser; da konnte sie bestens drauf verzichten. Noch im vorigen Jahr war die Rheinaustraße überflutet gewesen, und die Hausbewohner waren nur über Stege ins Haus gekommen. Endlich hatten sie angefangen, eine Wasserschutzmauer zu bauen.

Nach wenigen Schritten war Paula an der Rheinbrücke, die das Beueler und Bonner Ufer verbindet. Paula ging unter dem Straßenbogen hindurch, am Mehlemschen Haus, der Musikschule, vorbei, hielt sich dann links und kam zum Brückenforum, hier lagen mehrere Geschäfte, so auch das Kaisers-Kaffee-Geschäft, in dem Paula ihre täglichen Einkäufe machte.

In der Passage begegnete ihr Josefa Hubbelrath. Sie richteten es beide unabgesprochen so ein, daß sie sich morgens hier trafen. Paula und Josefa kannten sich von Kindheit an, sie waren in den gleichen Kindergarten und in die gleiche Volksschule (heute heißt das ja *Grundschule*) gegangen, die Josefsschule, unmittelbar hier auf der anderen Straßenseite. Nicht, daß sie unzertrennliche Freundinnen wären, manchmal hatten sie sich schon in den Haaren, auch wenn die bei beiden inzwischen ziemlich grau waren.

»Tach, Hubbel«, begrüßte Paula Josefa mit der üblichen Anrede.

»Wie jeht et, Trina?« fragte Josefa Hubbelrath.

Die Hand gaben sie sich nicht, das wäre eine Geste gewesen, die nicht zu den beiden paßte. Was aber nicht bedeutete, daß sie sich nicht doch auf eine wenn auch unergründliche Weise mochten.

»Ich han ad widder de halve Naach net jeschloofe«, stöhnte Paula. Beide waren gewohnt, platt miteinander zu sprechen.

»Häs de widder so lang fernjesenn? Nen Liebesfilm op Erteell?« feixte Josefa.

»Loß mich nur mit dem Fernseher in Ruh! Der is ad widder kapott. Ich han jestern ahnjeroofe, die wollen hück vorbeikumme. Dröm red net e su lang, ich moß enkoofe un maache, dat ich widder heemkumm.«

»Bes net esu jifftich ad am fröhe Morje. Häs de schlääch jeföhstöck?« lächelte Josefa versöhnlich.

»Dat Flittche öwwer mir, dat Elvira Pützenbach, hät mir der Morjeschloof jestolle. Die hat ad widder ner angere Kabänes bei sich. Ich jlöw, die mäht dat für Jeld. Dat Huus is doch keene Puff! Su jeht dat net wigger. Ich werd dem Holthausen, du weeß, mingem Hausverwalter, Bescheed saare. Ich bin en anständije Frau. Un dat jeht net, dat in dem Huus sujet passeht!«

»Mehnste wirklich?« war Josefa neugierig geworden. Da hatten sie ein Thema, wo sich trefflich drüber reden ließ. Und da das mit einer Tasse Kaffee besser geht, gingen beide die paar Schritte zum Bäcker in der Passage, kauften Kaffee und Gebäck und stellten sich an einen hohen, runden Tisch in der hinteren Ecke. Es sollte ja nicht gleich jeder mitbekommen, was sie zu bereden hatten.

»Nu verzähl schon, Trina«, forderte Josefa, nachdem sie vom Kaffee getrunken hatte.

»Et wor halve sibbe, do leef oven de Dusch, als wenn se et Huus wäsche wollte. Ich han jejen de Deck jebumms. Äwwo ich han se nur laache jehüert. Dann kohm um sibbe ehner de Trepp eraff. Ich han ussem Fenster jeluert. Et wor ene junge Mann, su ene Stenz. Ne ruude Schal öm der Hals un ne schwazze Schnäuzer unger de Naas. Setz sich in et Auto, su ne ruude Flitzer. Andauernd häd er eroppjewunke. Do stond dat Elvira Pützenbach bestimmb am Finster. Dann is er loßjefahre, als wör de Rheinaustroß de Nürburchring.«

»Un dat wor alles?« fragte Josefa Hubbelrath enttäuscht.

»Wer weeß, wat die dies Naach jedrivve han?!« blieb Paula hartnäkkig.

»Wat willste dann? Die Pützenbach kann in ihrer Wonnung maache, wat se will«, meinte Josefa und trank wieder von ihrem Kaffee.

»Nit, wenn mich dat stürt!«, blieb Paula stur.

»Un wat wills de maache?« war Josefa nun doch neugierig.

»Waad ens avv. Dat wirs de noch sinn!« blieb Paula entschlossen und nickte mit dem Kopf.

»Pass op, du kriechs nur Ärjer«, versuchte Josefa ihre Freundin zu beruhigen. »Un jetz moß ich enkoofe jonn, ming Doochter kütt zem esse«, fügte sie entschieden hinzu.

Beide nahmen ihr Kaffeegeschirr und brachten es an die Theke.

Sie gingen in den Lebensmittelmarkt, nahmen Einkaufswagen, und jeder machte seine Einkäufe. An der Kasse trafen sie sich wieder.

»Bis morje fröh«, verabschiedeten sie sich.

4.

Da ertönte die Türklingel

Als Paula die Haustür aufschloß, tönte ihr Kindergebrüll entgegen. Die zehnjährigen Santini-Zwillinge Rodolfo und Marcello rutschten auf einer stabilen Pappe die Treppen vom Hochparterre zum Hauseingang mit großem Tra-ra hinunter. In ihrem Spieleifer hatten sie gar nicht mitbekommen, daß Paula Kappes die Haustür aufgeschlossen hatte und hereingekommen war. Schon landeten die beiden Jungen ihr vor den Füßen.

»Jetz is äwwo Schluß he!« erhob Paula erregt die Stimme.

Gleich hörte man auch schon aus einem oberen Stockwerk:

»Rodolfo e Marcello, salite subito!«*

Es war eine schrille Frauenstimme.

Die beiden Jungen dachten nicht daran, so ohne weiteres das Feld zu räumen. Wieder starteten sie einen neuen Treppenrodelversuch, daß Paula nur mit Mühe an ihnen vorbeikam. Erst als Frau Santini auf dem oberen Treppenabsatz erschien, gaben Rodolfo und Marcello widerwillig ihr Spiel auf, schlichen zu ihrer Mutter hinauf, drückten sich an ihr vorbei, nicht ohne einen Klaps auf den Kopf einzukassieren.

»Bitte verzeihen, Frau Kappes. Die Jungen so wild. Bitte verzeihen«, entschuldigte sich Frau Santini und ging hinter ihren Kindern her nach oben.

Paula schüttelte den Kopf. Das ist schon ein schlimmes Volk, diese Italiener. Ob die nicht besser zu Hause geblieben wären? Na, ja. Der Vater, Carlo Santini, war ein fleißiger Mann, arbeitete bei der Bonner Müllabfuhr und nachts noch irgendwo als Wächter. Er war ein Opernnarr. Paula ging in die Küche und stellte das Radio an, und es erklang Rodolfos Arie *Wie eiskalt ist dein Händchen* aus La Bohème von Puccini. Welch ein Zufall. Carlo Santini war ein echter Operfan, und so hatte er seine Kinder, seine Zwillinge, Rodolfo und Marcello genannt und die Kleine Musetta. Seine Frau nannte er nur Mimi, obwohl sie mit Vornamen Mirella hieß. Ja, ja, die Italiener, was die nur hier am

---

*Rodolfo und Marcello, ihr kommt sofort herauf! Aber dalli!

Rhein zu suchen haben? Der Herr Santini war ja ganz nett, aber die Frau mit den Kindern? Die waren alle so wild und redeten und redeten. Wie in den italienischen Filmen, wo sie wirr durcheinanderquatschen und aufgeregt sind, daß man schon nach fünf Minuten Kopfschmerzen bekommt. Ach ja, Kopfschmerzen. Paula setzte sich an den Küchentisch, nachdem sie die Einkäufe weggeräumt hatte. Sie rieb sich die Stirn, denn sie verspürte einen leichten Druck im Kopf, wenn sie nicht aufpaßte, kriegte sie auch noch ihre Migräne. Die hatte ihr gerade noch gefehlt. Es lag bestimmt auch an dem Ärger, den sie schon seit dem frühen Morgen empfand. Sie fühlte sich wie ein Luftballon mit Überdruck, der kurz vorm Platzen war. Vielleicht sollte sie noch eine Tasse Kaffee trinken oder sich was hinlegen.

Da ertönte die Wohnungsklingel.

Wer ist denn das? dachte Paula. Die Post kann das nicht sein, die kommt doch erst um halb zwölf. Vielleicht war es der Fernsehmonteur.

Wieder klingelte es.

»Ich komm ja schon!« sagte Paula ungehalten, erhob sich und rieb sich dabei die Schläfen. Vielleicht nahm sie doch gleich eine Tablette.

Als Paula die Wohnungstür öffnete, stand da Elvira Pützenbach. Ohne Guten-Morgen-Gruß fauchte sie: »Wenn Sie noch einmal morgens so gegen die Decke bumsen, dann kriegen Sie gewaltigen Ärger, Sie alte Henne!«

Paula schaute die Pützenbach von oben bis unten mit zusammengekniffenen Lippen an. Wie die wieder aussah: knallrote Leggins, an den Füßen hochhackige Pumps, obenherum ein weißes T-Shirt mit Goldstickerei, das ihren dicken Busen herausfordernd hervorhob. Die hellblondgefärbten Haare - sie hatte schon alle möglichen meist knalligen Farben getragen - hochaufgesteckt mit roten Bändern drin. Die sieht aus wie ein Weihnachtsbaum! dachte Paula.

Ungeduldig klopfte Elvira Pützenbach mit einem Fuß auf den Boden, eine Antwort fordernd.

Da quoll es aus Paula hervor: »Dat mit der alten Henne nimmste sofort zurück, dat ist eine Beleidigung, wo de selbst wie ne Paradiesvogel erumläufst. Halt nur dr Mund! Wo du mit de Männer rummachst!« Wenn Paula erregt war, redete sie die Leute mit *du* an.

»Das geht Sie überhaupt nichts an! Wenn Sie uns nicht in Ruhe lassen, dann bekommen Sie Ärger!« Elvira Pützenbach stellte sich in Positur und stemmte die Hände in die Seiten.

»Scher dich zum Teufel, du Flittchen!« keifte Paula und knallte die Wohnungstür zu.

Paula stand noch eine Weile hinter der Tür und versuchte Fassung zu gewinnen. Ihr Herz klopfte wild.

Da ertönte wieder die Türklingel.

Scher dich zum Teufel, dachte Paula und ging in die Küche.

Noch einmal ging die Türklingel.

Mich regt das auf, ich bin nicht mehr die Jüngste! redete Paula vor sich hin. Sie hatte sich angewöhnt, ihre Gedanken laut auszusprechen, wenn sie allein in ihrer Wohnung war. Und manchmal ertappte sie sich dabei, daß sie auch schon mal auf der Straße laut dachte. Ich lasse mir das nicht gefallen!

Paula ging zum Telefon, das in der Diele auf einem kleinen Kommödchen stand. Sie wählte die Nummer von Holthausen, dem Hausverwalter. Als sich der meldete, fing sie gleich mit erregter Stimme an: »Dat brauch ich mir nicht jefallen zu jelassen! - «

»Ah, Sie sind es, Frau Kappes«, unterbrach Holthausen, gleich versuchte er, ihr den Wind aus den Segeln zu nehmen. Aber Paula war voll in Fahrt, und so schnell würde sie die Segel nicht streichen.

»Dat brauch ich mir nicht jefallen zu jelassen!« setzte Paula erneut an, ließ sich diesmal nicht unterbrechen. »Die Pützenbach, dat is ein janz schlimmes Weib! Eben hat se mich beschimpft! Dabei hat se wieder heut morjen janz früh un janz lang jeduscht. Wasser, dat ich mitbezahlen muß. Un dann hat se einen Heidenlärm jemacht, dat Radio voll aufjedreht. Da soll ein anständijer Mensch noch schlafen können. Un se hat schon wieder nen Kerl bei sich jehabt. So einen flotten mit Schnäuzer und nem schnellen Auto. Einer, der arme alte Menschen und kleine Kinder totfährt. Herr Holthausen, dat brauch ich mir nicht jefallen zu jelassen!« war sie ganz aufgeregt.

Holthausen hatte sich im Laufe der Zeit an die erregten Beschwerden von Paula Kappes gewöhnt, darum ließ er sich auch nicht aus der Ruhe bringen; - selten wird so heiß gegessen wie gekocht - oder man verbrennt sich den Mund. Paula Kappes, sie wohnte schon seit einigen Jahrzehnten im Haus, hatte bereits einige Male in ein großes Fettnäpfchen getreten, woraufhin sie selber ausrutschte.

»Also gut, Frau Kappes, ich werde mich darum kümmern. Aber lassen auch Sie bitte Ihre Nachbarn ... «

»Ich bin ein friedvoller Mensch«, unterbrach Paula, »und ich mache keinem Ärjer«, ergänzte sie ein wenig selbstgefällig und ziemlich an der Wahrheit vorbei.

»Ja, ist gut«, sagte Holthausen nun doch genervt und legte auf.

Die Kappes wird sich noch beruhigen, dachte er und ging seiner Arbeit nach.

Es stimmte Paula nicht gerade friedvoller, daß nach einem Klick das Telefon auf einmal stumm war. Um sich abzureagieren, knallte sie den Hörer auf die Gabel, wenn ihr auch langsam klar war, daß ihre Reaktion eigentlich ins Leere lief.

Den Holthausen würde sie auch noch kriegen, schwor sich Paula, so schnell gab sie nicht auf. Sie nahm sich vor, genau darüber nachzudenken, was sie unternehmen wollte. Und da gab es schließlich ein paar Möglichkeiten.

5.

Maach et joht, bis neulich

Am späten Vormittag fiel Paula Kappes ein, daß sie am Nachmittag bei ihrer Schwägerin Frieda Klapperich eingeladen war, da wollte sie nicht mit leeren Händen aufkreuzen. Also zog sie wieder ihre Schuhe und den Mantel an und verließ die Wohnung.

Als Paula an die Haustür kam und diese öffnete, stand da ein junger Mann, der einen wenig vertrauenerweckenden Eindruck machte. Er war ziemlich heruntergekommen gekleidet: verwaschene Jeans mit Löchern an den unmöglichsten Stellen - und das im Winter! - eine gammelige, schmutzigbraune Strickjacke, deren beste Zeiten schon lange vorüber waren. Der Mann hatte sich vor ein paar Tagen das letzte Mal rasiert - es soll ja Frauen geben, die auf sowas stehen, ekelhaft - die Haare waren strähnig und hatten eine Wäsche bitter nötig. Als der Mann den Mund aufmachte, waren die Zähne gegenüber den Lücken in der Minderzahl - und er roch nach einer Mischung aus Bier und Knoblauch aus dem Hals.

»Mir geben nichts«, sagte Paula und drängte an dem Mann vorbei.

»Ich will zu Immobilien Kaiser«, verteidigte sich der Mann.

»Dann klingeln Sie mal erst«, sagte Paula ruppig, zog die Haustür hinter sich zu und eilte davon. Sie bewegte sich meistens schnellen

Schrittes. Sie war schon einige Meter weg, als der junge Mann einen Fluch ausstieß, der nicht für zarte Damenohren geeignet war.

Das war schon ein komischer Laden, diese Immobilienfirma, die die andere Seite des Parterre belegte. Den Inhaber Kaiser konnte Paula Kappes nicht ausstehen. Das war so ein aalglatter. Immer geschniegelt, immer topp gekleidet und ein teures Aftershave. Sein Alter konnte sie nur schlecht schätzen. Vielleicht war er Ende vierzig. Seltsamerweise fuhr er meist mit einem Fahrrad durch die Gegend. Schon komisch für einen Immobilienhändler, der doch irgendwie herumkommen muß, dachte Paula. Na ja, vielleicht ist das auch nur eine Gesundheitsmarotte. War vielleicht auch eine Marotte, daß er immer in braunen Sachen rumlief: braune Schuhe, braune Strümpfe, braune Hose, braune Jacke, braunes Hemd, braune Krawatte. Natürlich hatte er auch braune Haare. Für eine kurze Zeit hatte Paula bei ihm geputzt, um was nebenbei zu verdienen. Aber sie hatte bald die Brocken geschmissen, da es ihr zu wenig war, was er bezahlte.

Manchmal blieb Kaiser auch über Nacht. Wahrscheinlich hatte er ne Schlafgelegenheit. Hier und da kam auch schon mal ne Frau, eine blonde, eine hochnäsige. Vielleicht war sie Kundin, vielleicht seine Freundin. Die kriegte den Mund nicht auf. Nicht mal zu einem *Guten Tag.*

Paula Kappes war inzwischen an der Kennedy-Brücke angelangt. Diesmal ging sie den schmalen Weg links hoch an der Brückenrampe vorbei. Sie kam zum Fußgängerüberweg, den sie überquerte und hielt sich auf dem Bürgersteig des Konrad-Adenauer-Platzes. Nach wenigen Minuten kam sie zur Sparkasse, hier wollte sie etwas Geld von ihrem Konto abheben; mit der Rente von Friederich und dem bißchen eigener Rente konnte sie einigermaßen leben, wenn sie keine großen Sprünge machte.

»Na, Frau Kappes! Brauchen wir mal wieder ein bißchen Geld? Schön, Sie zu sehen«, sagte das junge Frollein am Tresen, deren Namen sich Paula nicht merken konnte, obwohl er auf einem Schildchen stand, das das junge Ding an ihrem Busen trug.

»Wie immer bitte«, blieb Paula kurz angebunden. Das Frollein kritzelte etwas auf einen gelben Zettel, schob ihn Paula zur Unterschrift über den Tresen, tippte etwas in einen Computer, schon rasselte ein Geldautomat und spie Paulas hundert Mark aus.

Paula nickte dankend, steckte das Geld ein und verließ die Schalterhalle.

Gleich nebenan war eine Buchhandlung. Das war ein netter Laden, immer wurde sie freundlich von dem jungen Mann oder seiner Mutter bedient.

»Also, ich brauch was für meine Schwägerin, die hat mich eingeladen«, sagte Paula. Es war ihr eigentlich egal, welches Buch sie Frieda mitbrachte. Sie mochte nur nicht mit leeren Händen da stehen.

»Vielleicht was über Beuel? Da hab ich was Neues, ist gar nicht teuer«, sagte der junge Mann, lächelte verbindlich, ging an ein Regal, zog ein schmales Bändchen heraus und hielt es Paula hin.

»Zwölf Mark achtzig saren Sie? Dat is jenuch. Juht, dat nehm ich. Können Sie et mir wat einpacken?«

»Aber selbstverständlich«, sagte der junge Mann und wickelte mit geschickten Händen das Buch in buntes Geschenkpapier.

»Ich könnt auch ein Buch schreiben«, sagte Paula, um nicht nutzlos da herumzustehen. »Wat meinen Sie, wat in meinem Haus los is?! Ich sare Ihnen, ein Buch könnt ich schreiben!«

Der junge Mann war froh, mit dem Einwickeln fertig zu sein. Er drückte Paula das Buch in die Hand. »Ich hab noch ein Lesezeichen reingetan. Dann bitte zwölf Mark achtzig, und hier noch ein kleiner Verlagskatalog, wird Sie vielleicht interessieren.«

»Wiedersehen, Frau Kappes, einen schönen Tag noch«, sagte der junge Mann und lächelte. Auch die Mutter sagte »Guten Tag.«

Als Paula auf die Straße trat, begegnete ihr Josefa Hubbelrath, die in der Rheindorferstraße, ganz in der Nähe, wohnte.

»Wenn de mir noch ens öwwer de Fööß lööfs, dann mußte ehne usjewwe!« sagte Josefa.

»Stell dir vür, do hätt mich doch dat Elvira Pützenbach ahnjepamp!« erklärte Paula ihrer Freundin nun das Vorkommnis haarklein. Bald hatten sie sich festgeredet. Bis Paula auf die Standuhr vor der Sparkasse schaute und sagte: »Jetzt moß ich jonn. Ich will mir jet ze Middach mache. Hück Nommidach bin ich beim Frieda. Maach et joht, bis neulich.«

6.

Paula kroch unter die Bettdecke und zitterte

Kurz vor Mittag war der Fernsehmonteur erschienen. Er doktorte an dem defekten Gerät eine halbe Stunde herum, bis es wieder lief. Der Mann schrieb eine Rechnung über 150 Mark. Als Paula sagte: »Ich komm morgen im Laden vorbei und bezahle«, nörgelte der Mann, er habe den Auftrag, sofort zu kassieren.

»Dann müssen Sie den Apparat eben wieder kaputmachen, ich hab nicht genug Geld im Haus«, hatte Paula gesagt. Der Monteur setzte zu einer spitzen Bemerkung an, biß sich aber dann auf die Lippen und verließ die Wohnung.

Anschließend hatte sich Paula eine Kleinigkeit zu essen gemacht und ein bißchen hingelegt. Auch die Ärzte sagen, daß ein Mittagsschläfchen gesund ist.

»Hahaha!« lachte der junge Mann hämisch und drehte sich stampfend in ihrer Diele. Paula stand in ihrem Nachthemd in der Schlafzimmertür und hielt sich ein Kopfkissen vor die Brust. Sie war ängstlich und verschreckt, und sie hatte eiskalte Füße, denn der Boden in dem Flur war aus grauweißem Glatteis, und Paula klebte jedesmal fest und mußte sich mit Schmerzen losreißen, und sie versuchte den Fuß so lange wie möglich hochzuhalten, währenddessen aber fror der andere Fuß fest. Der tanzende junge Mann hatte reichverzierte Stiefel an, der hatte es gut. Aber auch ihm mußte es kalt sein, denn jedesmal, wenn er sein *Hahaha* mit gellendem Lachen ausstieß, kam ein weißer Schwaden aus seinem Mund. Endlich faßte Paula Mut und rief mit vor Kälte zitternder Stimme: »Jetzt ist es aber gut! Sie verlassen sofort meine Wohnung und stellen die Heizung wieder an!« Und erneut hüpfte Paula hin und her. Ihre Füße waren bis zu den Waden blau angelaufen, und dunkelrote Bluttropfen fielen von den Fußsohlen auf das grauweiße Eis.

»Ich komme wieder!« lachte der tanzende junge Mann mit den reichverzierten Stiefeln. Er drehte sich immer schneller, immer schneller wie ein Kreisel, Paula konnte nur noch eine sich drehende Masse sehen, die sich jetzt hin und her bewegte, auf sie zukam, daß Paula versuchte zurückzuweichen, aber es gelang ihr nicht, denn jetzt stand sie mit beiden Füßen auf dem Eis und war festgeklebt. Sie konnte noch so sehr reißen, sie kam nicht mehr los. Und der drehende Kreisel lachte und lachte *Hahahahahaha* und drehte sich noch schneller wie ein Motor und wurde erst dunkelrot, dann hellrot, dann orange, dann gelb und das *Hahahaha* klang immer höher, bis es sich wie eine Kinderstimme anhörte und noch höher wurde wie ein schrilles Kreischen und Quietschen. Jetzt bewegte sich der rasenddrehende Kreisel zur Wohnungstür, hielt einen Moment inne und durchschnitt dann das Holz der Tür; blaugrauer, stinkender Rauch stieg auf, und der Kreisel war plötzlich verschwunden. Zurück blieb ein großes Loch in der Tür, das fast wie ein Weihnachtsbaum aussah. -

Endlich konnte sich Paula losreißen -
und setzte sich in ihrem Bett auf. Es war ihr eisigkalt, ihre Hände froren, ihre Füße lugten unter der Bettdecke hervor und waren eisigkalt. Paula kroch unter die Decke und zitterte, sie rieb sich Arme und Beine. Was hatte sie da nur geträumt? Von einem Mann, der wild in ihrer Diele tanzte? Wem sah der Mann nur ähnlich? Hatte sie ihn noch vor kurzem gesehen?

Paula richtete sich auf. Noch immer steckte eine Angst in ihr, die sie abzuschütteln versuchte. Sie hatte einen bösen Traum gehabt. Aber sie mußte jetzt aufstehen. Sie war mit ihrer Schwägerin Frieda verabredet.

Paula stand auf und befühlte die Heizkörper. Sie waren eiskalt. Paula hatte nach dem Lüften morgens vergessen, sie wieder aufzudrehen.

7.

Der hat wohl nen Knall

Johnny strich sich durch die hennaroten Haare und sagte zu Friedensreich: »Das ist ein ganz mieser Geschäftemacher, der gibt den Stoff so teuer, daß man kaum noch was dran verdient.«

Friedensreich, der einmal vor Jahren gegen Atomraketen demonstriert und da seinen Spitznamen wegbekommen hatte, beschleunigte seine Schritte, daß er einen Meter vor Johnny herlief, und sagte phlegmatisch: »Was willste machen? Die Hauptsache, wir kommen billiger an den Stoff.«

»Du brauchst das Zeug, ich nicht!« sagte Johnny kiebig. »Und renn nicht so. Du kommst schon noch zu deinem nächsten Druck.«

»Bei dem möchte ich keine Wohnung bekommen oder ein Haus kaufen, der bescheißt einen bestimmt nach Strich und Faden.«

»Merkste denn nicht, daß das nur Fassade ist? Der spielt den ehrbaren Makler und macht seine Geschäftchen. Reg dich ab. Oder laß es. Kannst dir ja ne andere Quelle suchen. Bei dem weiß de wenigstens, daß de kein Milchpulver bekommst. Und hör jetzt endlich das Gemosere auf.«

»Und dann will der Kerl auch noch, daß wir demnächst nachts kommen. Wegen der Leute. Der hat wohl nen Knall«, meckerte Friedensreich, der durchaus kein friedlicher Mensch war.

»Du kannst es dir ja überlegen. Oder willste lieber den Bullen in die Hände fallen?«

Inzwischen waren beide auf dem Konrad-Adenauer-Platz angekommen. Sie stiegen in eine Straßenbahn und fuhren nach Bonn.

4. Februar, Donnerstagnachmittag, 15 Uhr

8.

De Welt is e Lake

Es dauerte ein Weilchen, bis sich Paula wieder gefangen hatte. Es passierte ihr immer wieder, daß sie so ein dummes Zeug träumte. Josefa, ihre Freundin, hatte zwar mal behauptet, an Träumen sei immer etwas Wahres dran, aber sie hielt das für Blödsinn.

Paula stellte den Thermostaten der Heizung in ihrem Schlafzimmer auf zwei, damit das Zimmer wenigstens ein bißchen erwärmt war. Dann zog sie sich wieder vollständig an, ging in die Küche zum Kühlschrank und trank ein paar Schluck aus der Milchpackung.

Die Küchenuhr zeigte drei Uhr nachmittags, die richtige Zeit, um sich für den Besuch bei ihrer Schwägerin fertigzumachen.

Paula schloß schon von draußen die Wohnungstür zu, als ihr einfiel, daß sie das Buch als Mitbringsel für Frieda vergessen hatte.

Paula ärgerte sich über ihre Vergesslichkeit.

Zum zweitenmal schloß sie ihre Wohnung ab.

Da kamen zwei junge Männer aus dem Büro von Immobilien Kaiser. Sie machten einen etwas vergammelten Eindruck. Unordentliche Jeans, Turnschuhe, Schlabberjacken, in der Hand Jutebeutel. Beide trugen die Haare lang, der eine hatte sie wohl selbst hennarot gefärbt. Genauso stellte sich Paula die jungen Leute aus der alternativen Szene vor. Typen, mit denen sie nichts, aber auch gar nichts zu tun haben wollte. Die beiden jungen Männer, Paula schätzte sie auf Anfang oder Mitte zwanzig, schauten mißtrauisch, verzogen den Mund, packten sich dann in den Arm, wie ein Paar, gingen schnell an Paula vorbei und warfen ihr die Haustür vor der Nase zu.

Das sind schon Typen, mit denen der Kaiser zu tun hat, dachte Paula. Aber dann eilte sie aus dem Haus, sie war spät dran.

Am Bahnhöfchen, einer Kneipe, die in dem ehemaligen Endbahnhof der schmalspurigen Basaltbahn eingerichtet war, ging Paula über die Straße. Daneben lag der Parkplatz, an dessen Ecke das Kriegerdenkmal aus dem ersten Weltkrieg stand, die rotbraune Säule. Jetzt war da eine eingezäunte Baustelle. Bis ans Rheinufer waren es nur noch wenige Schritte.

Paula spazierte gern am Rhein entlang, da gab es immer etwas zu sehen: die stromauf und stromab fahrenden Schiffe, einzelne Lastkähne, Schubschiffe. Vor etlichen Jahren, erinnerte sich Paula, gab es noch Schiffskonvois: ein Motorschiff zog mehrere Kähne an schweren Drahtseilen hunderte Meter lang hinter sich her. Jetzt im Februar fuhren noch keine weißen Personenschiffe, weder die großen Köln-Düsseldorfer, noch die kleinen Ausflugsschiffe meist von Bonn aus rheinauf. Aber die Fähren verkehrten auch im Winter, wenn das Wasser nicht zu hoch stieg.

Paula schaute auf die andere Rheinseite. Etwas unterhalb lag die Beethovenhalle. Gegenüber das Hotel, das an dem Platz stand, wo einmal Bonns Synagoge war. Jetzt kam Paula zur Rheinbrücke, unterquerte den mächtigen, steinernen Bogen der Brückenrampe. Es war imponierend unter die Stahlkonstruktion der Brücke zu schauen, aber direkt an dem Geländer der Flußmauer konnte sie hier nicht hergehen, denn oben im Stahlgebälk der Brücke hatten sich Tauben eingenistet und schissen mit Vorliebe auf vorbeispazierende Passanten. Es war schon eine Zeitlang her, daß Paula dies »Schissgeschick« widerfahren war.

Sobald Paula den Brückenbogen unterquert hatte, konnte sie auf der Bonner Rheinseite die Oper und dahinter die höheren Bauten der Bonner Innerstadt sehen, alles überragt vom großen Turm des Münsters.

Auf dieser Seite lag im Wasser an der Anlegestelle das schwimmende Chinarestaurant, das von Zeit zu Zeit ablegte, einige hundert Meter auf dem Rhein fuhr und schnell wieder anlegte, um unter Beweis zu stellen, daß es sich um ein Schiff handelte. Manchmal aß Paula chinesisch und hätte auch gern einmal dieses schwimmende Restaurant besucht. Doch allein traute sie sich nicht.

Auf der anderen Rheinseite lag nun der Alte Zoll. Oben standen schwere, schwarze Kanonen, die vor vielen Jahren die Zolleinnahmen gesichert hatten. Die kleinen Bäume auf dem Plateau der trutzigen Steinbefestigung bewachten das Denkmal Ernst Moritz Arndts. Aber das konnte man von dieser Rheinseite aus nicht sehen. Nun kam Paula am Denkmal des Beueler Waschweibs vorbei, der vollbusigen Sandsteinfigur, die den eifrigen Wäscherinnen ein deftiges Denkmal setzte.

De Welt es e Lake
dat selvs de Beueler
net wäsche könne

(1824 - 1949 - Heimatverein)

Auch eine Erinnerung an die Beueler Weiberfastnacht, dieses Jahr wird sie 175 Jahre.

Nicht mehr weit zu laufen, und Paula war an der Anlegestelle der Personenfähre nach Bonn. Das kleine Schiff hatte soeben angelegt, Fußgänger und Radfahrer verließen das Schiff und gingen die Treppe zum Beueler Ufer hoch. Sie wurden abgelöst von den hier wartenden Passagieren, es waren zu dieser Tageszeit nicht viele.

Paula kaufte am Eingang zum Schiff eine Rückfahrkarte und suchte sich einen Sitzplatz auf dem nichtüberdachten Heck. Hier konnte sie die frische Luft genießen. Es war ein sonniger Tag, aber nur wenige Grad warm, es war ja schließlich Februar.

Schon als Kind war Paula gern mit ihrer Mutter mit dem Bötchen gefahren, denn nur so hieß bei ihnen das kleine Schiff, mit den wechselnden Namen. Und wenn sie damals in der Mitte des Flusses auf das Wasser sah, und wenn schönes Wetter war und nur wenig Wind, dann war das Wasser dunkelbraun und glatt wie die Oberfläche von Schokoladenpudding.

Heute schaukelte die Personenfähre auf der Mitte des Rheins ordentlich auf und ab, denn ein abwärtsfahrendes, tiefbeladenes Frachtschiff machte starke Wellen. Als Paula noch ein kleines Kind war, bekam sie dann große Angst und befürchtete, daß das Bötchen kenterte.

Paula hatte große Lust, einmal eine größere Schiffsreise zu machen. Damals, als ihr Friederich noch lebte, da hatten sie Urlaubspläne gemacht, Pläne von Luxusreisen ins Mittelmeer oder in die Karibik. Aber das waren Luftschlösser, sie hatten niemals das nötige Geld, um sich eine solche Traumreise zu erfüllen.

So sah sie nun ersatzweise im ZDF *Das Traumschiff*, die Seifenoper auf dem Wasser.

9.

Vielleicht hat die was zuviel

Bernie und Moha hatten nach der Schule noch in Beuel herumgehangen. Aber es war alles irgendwie öde gewesen. Sie hatten keinen Bock auf Schule, erst recht nicht auf die Hauptschule in Vilich. Bernie, mit seinen fünfzehn Jahren, war hoch aufgeschossen und sah fast aus wie siebzehn. Er stand auf coole Klamotten, die richtigen Schuhe, sie konnten ruhig ne dicke Sohle haben. Und auf den Jeans mußte schon ein Markenname draufstehen, und die Lederjacke nicht grad von Aldi stammen. Das kostete alles ein bißchen was. Sein Alter hielt ihn mit dem Taschengeld kurz, seitdem es in der Schule immer mehr bergab ging. Da mußte er schon mal ne Geldquelle auftun. Die Hauptsache, er ließ sich nicht erwischen. Moha lag auf seiner Linie: Sich was leisten können, egal wie. Bernies Alter moserte immer: *Wie kannste nur mit nem Kümmeltürken rummachen?! Kein Wunder, daß de nicht bis drei zählen kannst. Wenn de wat werden willst, dann brauchste Abitur, aber da mußte eben wat in der Schule tun.* Was der Alte schon blöd redete. Hat selbst kein Abitur. Ist Hilfskraft in nem Supermarkt. Fährt mit ner Karre die Fressalien hin und her. Aber hat nen weißen Kittel an mit nem Firmenschildchen vorne drauf. Er hat abends nichts anderes zu tun, als vorm Fernseher auf der Couch zu hängen und Bier in sich hineinzukippen. Aber mit der Alten redet er kein Wort. Was hat der schon für eine Ahnung?! Zu Hause fühlte sich Bernie wie ein Scheintoter. Darum hing er andauernd mit Moha rum. Mehr als die Hälfte aus seiner Klasse waren keine Deutschen. Aber was hieß das schon? Die meisten waren hier aufgewachsen und konnten kaum die Sprache ihrer Eltern. Moha war schon ein prima Kerl. Auch wenn er nicht auf Currywurst stand. Auf ihn war Verlaß, und sie waren sich darüber einig, daß ihnen ne Menge am Hals heraushing.

Bernie und Moha hatten nach der Schule noch in Beuel herumgehangen, hatten was beim Türken in der Friedrich-Breuer-Straße gegessen und ne Cola dazu getrunken. An der Straßenbahnhaltestelle gleich vor der Tür hatten sie herumgetrödelt und die Augen offengehalten, ob sich nicht ne günstige Gelegenheit ergab, ne Geldbörse oder ne Brieftasche zu ziehen. War aber alles nichts. Dann waren sie in Kaisers-Supermarkt rein im Brückenforum, mal sehen, ob es da nicht was gab, was sie mitgehen lassen konnten. Mist. War alles nichts. Da lief einer rum, der roch nur so nach Hausdetektiv.

Dann waren sie ans Rheinufer zur Personenfähre. War zwar riskant, aber da hatten sie schon mal was ziehen können, besonders beim Aussteigen, wenn sich alles auf dem Steg drängelte.

Es waren nur wenige Leute, die rüber wollten. Bernie und Moha beobachteten sie, taxierten sie und flüsterten miteinander.

»Da hinten die Alte«, sagte Bernie, »die macht so nen tüteligen Eindruck. Sie hat ne offene Handtasche. Vielleicht hat die was zu viel.« Moha grinste und bewegte sich langsam wie eine Raubkatze auf die Frau zu. Als sie sich setzte, schob sich Moha gleich neben sie. Bernie blieb ein bißchen auf der Seite, er tat so, als interessiere er sich brennend für das, was auf dem Wasser passierte, aber aus den Augenwinkeln beobachtete er die Frau und seinen Freund genau.

Schon legte das Bötchen am Bonner Ufer an.

Die alte Frau stand auf - und sie ließ tatsächlich ihre Handtasche neben sich auf dem Sitz liegen!

10.

Jetz is wat passiert!

Schon legte das Bötchen am Bonner Ufer an. Paula ließ die anderen Passagiere vorweg aussteigen, sie mochte kein Gedrängel. Mit ruhigen Schritten ging sie die doch ziemlich steile Erste Fährgasse hoch. Wie ist das, fragte sie sich, wenn man lange auf See war, wie ist das dann, wenn man wieder festen Boden unter die Füße bekommt? Als sie oben auf der Konrad-Adenauer-Allee war, hielt sie für ein kleines Verschnaufpäuschen inne; nein, sie war nicht mehr die Jüngste.

Plötzlich durchfuhr es sie wie ein Blitz: Erst jetzt merkte sie, daß sie ihre Handtasche nicht in der Hand hielt! Wo hatte sie die nur verloren? Sie hatte sie bestimmt auf dem Schiff gelassen. Wahrscheinlich hatte sie das blöde Ding neben sich auf die Sitzbank gestellt und dann vergessen. Wenn ihr einer die Tasche vom Arm gerissen hätte, dann wäre ihr das doch aufgefallen. Verdammt, fluchte Paula vor sich in. Ihr war ganz heiß geworden, als habe sie die fliegende Hitze. Sie mußte etwas unternehmen. Solange mußte Frieda warten! Schnell eilte sie die abschüssige Erste Fährgasse hinab. Sie mußte zum Fährschiff! Aber das hatte inzwischen wieder abgelegt, es schwamm in der Mitte des Rheins. Gleich würde es auf der Beueler Seite anlegen. Paula stand am Geländer und überlegte vor Hast und Aufregung. Aber ihr fiel nicht ein, was sie hätte tun können. Sie mußte warten, bis das Bötchen wieder in Bonn anlegte. Paula stand am Geländer, hielt sich mit beiden Händen fest und klopfte mit einem Fuß nervös auf den Boden. Ein älterer Herr stand neben ihr, schaute sie verwundert von der Seite an und schüttelte dann den Kopf.

Halt nur den Mund! dachte Paula, das fehlte noch, daß sich der Mann um ihre Angelegenheiten kümmerte.

Warum konnten die nicht ein bißchen schneller machen? Immer noch lag das Bötchen an der gegenüberliegenden Anlegestelle. Paulas Augen waren nicht mehr so gut, daß sie hätte sehen können, wer dort drüben aus- und einstieg.

Endlich legte die Fähre ab. Es ging alles so schrecklich langsam. »Die trödeln auf dem Wasser rum, als sei es ein Vergnügungsdampfer«, schimpfte Paula mit leiser Stimme, daß der alte Mann neben ihr fragte: »Haben Sie was gesagt, gnädige Frau?«

Paula gab keine Antwort, schaute nur ungnädig und wandte ihre Blicke wieder zum Schiff.

Kaum hatte das Bötchen angelegt, stürmte Paula die Treppe hinunter, drängte sich an den Wartenden vorbei, die lauthals protestierten. Die ersten Passagiere stiegen aus. Auch an ihnen drängte Paula vorbei, daß der Fahrkartenkontrolleur ungehalten rief: »Nun warten Sie doch! Lassen Sie die Herrschaften zuerst aussteigen!«

Paula wurde zur Seite geschoben. Sie mußte warten, bis der letzte Passagier ausgestiegen war. Endlich konnte Paula aufs Schiff.

»Mein Handtasch is weg! Die hab ich hier eben liejenjelassen!« sagte sie. Der Bootsführer war inzwischen herangetreten und fragte freundlich: »Sie haben etwas vergessen? Waren Sie nicht eben auf dem Schiff? Dann wollen wir mal nachsehen. Kommen Sie mit!«

Paula ging voraus aufs offene Achterdeck. Sie zeigte auf eine Bank: »Hier hab ich eben jesessen. Un mein Tasch neben mich jestellt. - Aber sie is nicht mehr da. - Se haben mich beklaut!«

Der Bootsführer bückte sich und schaute sich um. »Da ist keine Tasche. Wie sah die denn aus?«

»Dat is en braune Ledertasch, ziemlich jroß, mit nem Tragriemen«, sagte Paula. Noch immer wollte sie nicht wahrhaben, daß die Tasche weg war.

»Ich nehme eine Meldung auf, kommen Sie bitte mit«, sagte der Bootsführer. Gemeinsam gingen sie zum Führerstand. Inzwischen betraten die anderen Passagiere das Boot.

Der Bootsführer holte einen Ordner mit Vordrucken hervor. Er zückte einen Kugelschreiber und sagte: »Dann wollen wir mal den Verlust festhalten.«

Er notierte den Namen von Paula, den Zeitpunkt der Bootsfahrt, die Beschreibung des verlorenen Gegenstandes.

»Wenn Sie hier unterschreiben wollen?« sagte der Bootsführer dann.

»Haben Sie einen Zeugen, daß Sie die Tasche dabei hatten?«

Paula schüttelte nur den Kopf. »Ich bin bestimmt bestohlen worden«, blieb sie hartnäckig.

»Das muß ja erst mal aufgeklärt werden. Wenn die Tasche abgegeben wird, melden wir uns. Sie können aber auch zur Polizei gehen, wenn Sie das für richtig halten. Und jetzt muß ich mich um die nächste Fahrt kümmern. Sie entschuldigen.«

Der Bootsführer ließ Paula stehen, die nicht recht wußte, was sie jetzt machen sollte. Unschlüssig stand sie da. Aber dann ging sie benommen, fast wie eine Puppe, wieder von Bord. Sie mußte mit jemandem reden. Frieda wartete bestimmt schon auf sie.

Die Erste Fährgasse kam Paula nun doppelt so steil vor. Mehrmals blieb sie stehen und schaute zurück auf den Rhein. Das Bötchen war schon wieder auf der Beueler Seite angelangt. Die verlorene Handtasche ging ihr nicht aus dem Sinn.

»Du komms aber spät«, empfing Frieda sie an der Wohnungstür im vierten Stockwerk des Geschäftshauses. Hier waren Frieda Klapperich und ihr Mann Jösefchen ein Hausmeisterpaar.

Kaffeeduft kam Paula in der Diele entgegen.

»Et Jösefchen hat noch wat zu tun«, sagte Frieda, während sie ins Wohnzimmer gingen. Dort war eine kleine Kaffeetafel gedeckt.

»Ich hab jedeckten Apfelkuchen jemacht, den maachs de doch besonders«, fügte Frieda hinzu.

Paula nahm in ihrem Stammsessel Platz.

»Aber wat machs de dann für ein Jesicht?« fragte Frieda, »maachs de keinen jedeckten Apfelkuchen mehr?«

»Nä, nä«, schüttelte Paula den Kopf, »stell dir vor, ich hab aufem Bötchen mein Handtasch verloren.«

»Dat darf doch nicht wahr sein!« rief Frieda erstaunt und warf sich in den anderen Sessel.

»Un ich hab extra wat zu lesen für dich jekauft, un dat war auch in der Handtasch, un dat is jetzt auch weg«, sagte Paula resigniert.

»Aber da muß de doch wat unternehmen!« meinte Frieda und setzte sich auf die Vorderkante des Sessels.

»Dat hab ich doch schon«, verteidigte sich Paula. »Als et mir aufjefallen is, bin ich jleich wieder auf et Bötchen un hab dat dem Kapitän jemeldet. Un der hat ein Protokoll jemacht. Aber ob ich mein Tasch wiederkriege - ? Die hat bestimmt einer jeklaut.«

»Wat has de denn alles in der Handtasch jehabt, ich will ja nicht neugierig sein«, meinte Frieda, »aber dat muß de doch der Polizei melden!«

»Da hab ich doch auch schon dran jedacht. Aber ich hab nicht mal nen Jroschen, um ze telefonieren. Da bin ich jleich zu dir jekommen.«

»Also, wat war in der Tasch, denk nach!« wurde Frieda ungeduldig. Dann stand sie eilfertig auf, holte einen Notizblock und einen Kugelschreiber: »Hier, Paula, schreib et jleich auf!«

Paula schob ihre Kaffeetasse beiseite und schrieb, während sie redete: »Also, in meiner Tasch, da war ein Taschentuch - ja, is ja juht, et jibt wichtijeres - , un dann mein Pillendöschen, un mein Portemanneh, un dann dat Buch für dich, ich hab et extra in der Buchhandlung am Konrad-Adenauer-Platz jekauft, dat sin wirklich nette Leut - «

»Paula!« ermahnte Frieda.

»Is schon juht. Also, darum hab ich leider nix für dich. - Ja, un da war auch noch meine Hausschlüssel in der Handtasch.«

»Dat sieht bös aus«, sagte Frieda leise mehr zu sich selbst.

»Wat is?« fragte Paula, die nicht mehr so gut hörte.

»Wat war dann in dem Portemanneh?« drängte Frieda weiter.

»Also, ich hab mir heut morjen nen Hunderter von der Sparkass jeholt, un dann hab ich dat Buch jekauft, un dann die Hin- un Rückfahrt von dem Bötchen. Die Fahrkarten hab ich in mein Manteltasch jetan. Dat ich nicht wieder an mein Portemanneh muß - juht, Frieda - also, et müssen noch so wat an die fünfundachtzich Mark mit dem Kleinjeld, dat hab ich nicht mehr so jenau im Kopf, jewesen sein.«

»Und Papiere haste keine bei dir jehabt?« wurde Frieda ungeduldig.

»Scheckkart brauch ich kein, mr hört ja von so schlechte Menschen, die einen bestehlen un dann dat janze Konto leerräumen. Is ja nicht viel drauf, mein Rent - is ja juht, Frieda. Also ich hab nur meinen Personalausweis in meinem Portemanneh. Weil ich dat ja immer bei mir hab. Und et heißt ja, dat ältere Leut immer ihren Personalausweis bei sich haben sollen, mr weiß ja nicht, et könnt ja mal wat passieren.«

»Jetz is wat passiert!« rutschte es Frieda heraus. »Also, du mußt dat unbedingt der Polizei sagen. Da hat dich bestimmt einer aufem Schiff beklaut. Eine jünstige Jelejenheit wahrjenommen. Un der is mit deiner Tasch abjehauen. Der Dieb hat sich bestimmt über dat Jeld jefreut, auch wenn et nicht viel war. Aber wejen dem Personalausweis und dem Hausschlüssel muß de jleich wat tun.«

»Wat kann dann schon passieren? Wer will wat mit meinem Personalausweis anfangen? Wer sieht schon aus wie ich? Un mit dem Hausschlüssel?« wehrte Paula ab.

»Also, jetzt trinken mir erst mal ein Tässchen Kaffee auf der Schreck, mir essen ein Stückchen von dem jedeckten Apfelkuchen, un mir überlejen dabei, wat jemacht werden muß. Vielleicht können mir auch et Jösefchen fragen, der kommt jleich von der Arbeit, er hat wat im Keller zu tun, da is wat mit der Heizung. Hoffentlich macht er sich nicht so dreckig. Also komm, Paula, jib mir dein Tass.«

11.

Laß mich nur in Ruh

Paula Katharina Kappes hatte es nicht lange bei ihrer Schwägerin ausgehalten. Sie war auf ihrem Sessel hin und her gerutscht, und sie hatte sich nicht wohlgefühlt.

Josef, der Mann von Frieda Klapperich, den sie nur Jösefchen nannte, hatte ihre Laune nicht gerade gebessert. Als er sich die Finger gewaschen und mit an die Kaffeetafel gesetzt hatte, fragte er direkt heraus: »Paula, du siehs aber jarnicht juht aus, haste Ärjer jehabt, oder schmeckt dir nicht der Kuchen vom Friedchen?«

»Laß mich nur in Ruh!« hatte Paula zurückgegiftet. Aber dann hatte sie ihm doch erzählt, was passiert war.

»Da muß de eben besser auf dein Sachen aufpassen«, hatte Josef

Klapperich nur lapidar mit einem Schulterzucken gesagt, hatte sich auf ein Stück Apfelkuchen mit Sahne gestürzt und es mit Heißhunger und bestem Appetit heruntergelöffelt.

Paula hatte es nicht mehr lange ausgehalten, viel früher als sonst üblich war sie aufgestanden und hatte gesagt: »Ich hab kein Ruh mehr. Ich will nach Haus. Mir können uns ja et nächstemal bei mir treffen.« Womit aber nur Frieda Klapperich gemeint war.

Paula war ganz in Gedanken, als sie zum Bötchen nach Beuel zurückging. Sie war zugleich verärgert und übellaunig. Und machte sich Vorwürfe, sie hätte ja auch besser aufpassen können. Es klang ihr in den Ohren, was Frieda und Jösefchen hinter ihrem Rücken über sie jetzt wohl redeten: »Dat Paula wird immer tütteliger. Die meckert andauernd über andere Leut, hält aber selber nicht de Jedanken beienander. Jeschieht ihr janz recht, dat jetz ihr Handtasch fott is.«

Zum Glück hatte sie ja noch den Rückfahrschein vom Bötchen. Sie war doch zu stolz, von Frieda Geld zu leihen.

Das Bötchen wartete schon am Bonner Rheinufer, und Paula ging an Bord. Der Schiffsführer erkannte sie gleich wieder und begrüßte sie: »Guten Abend, gnädige Frau. Tut mir leid, es hat sich noch niemand wegen Ihrer verlorenen Handtasche gemeldet. Aber wir werden uns drum kümmern.«

Es war Paula peinlich, daß sie wieder an ihr Mißgeschick erinnert wurde, und daß andere Passagiere es mithörten. Sie war froh, als sie auf der Bank im Schiffsheck saß, obwohl es inzwischen ziemlich abgekühlt war und ein leichter, wenn auch unangenehmer Wind wehte. Nur wenige andere Passagiere nahmen auf dem offenen Deck Platz.

Paula war bedrückt. Es war schon ärgerlich, daß ihre Handtasche weg war. So was war ihr noch nicht passiert. Hatte es nur an ihrer Vergeßlichkeit gelegen, oder hatte ein Ganove, ein Taschendieb sie belauert und auf eine günstige Gelegenheit gewartet? Auch die blöden Bemerkungen von Josef Klapperich hatten ihre Laune nicht gerade gebessert.

Mitten auf dem Rhein war es noch windiger, das Bötchen schaukelte ziemlich stark, und Paula war froh, als sie das Beueler Ufer erreichten.

Als sie die Anlegebrücke und Ufertreppe hinaufging, drängten sich zwei junge Burschen, sie waren vielleicht fünfzehn, sechzehn Jahre alt, an Paula vorbei und rempelten sie dabei an. Ärgerlich schüttelte

Paula den Kopf und schimpfte: »Könnt ihr net besser oppasse?! Ihr wißt och net, wat sich jehürt!« Aber die beiden Burschen lachten nur und nahmen die Treppe rauf zwei Stufen auf einmal. Sie schauten zurück und lachten.

Das Lachen kam Paula böse und verächtlich vor. Und auf einmal meinte sie, die beiden Burschen schon einmal gesehen zu haben. Aber so sehr sie sich auch anstrengte, sie konnte sich nicht erinnern, wo.

Als Paula oben auf der Uferpromenade ankam und einen Moment stehen blieb, weil ihr Herz klopfte und ihr Atem schneller ging, sah sie die beiden Burschen schon weit hinten, fast an der Anlegebrücke des schwimmenden China-Restaurants, laufen. Von Zeit zu Zeit schauten sie zurück. Winkten sie sogar nach ihr?

Ach, kümmer dich nicht um die zwei Labeße, die nichts besseres im Kopf haben, als ne alte Frau zu ärgern, sagte sich Paula und schritt schneller voran. Nein, sie würde sich nicht unterkriegen lassen, das wäre doch gelacht, nur wegen einer verlorenen Handtasche. Plötzlich kam ihr in den Sinn, daß die Tasche ja auch bei einer unbeabsichtigten Bewegung in den Rhein gefallen sein konnte, und daß sie gar nicht bestohlen worden war.

12.

Als wolle er verhindern, daß sie noch etwas fragte

Eine vornehme Villa in Hangelar-Niederberg.

Grete Hillenkamp lag auf der Chippendale-Chaiselongue. Sie hatte einen seidenen Hausanzug an - großblumige Rosen auf altweißem Grund - , an den Füßen Pantöffelchen aus flauschigweißem Fell. Morgens war sie in Hangelar beim Friseur gewesen. Ihre grauen Haare hatten nun einen violetten Schimmer, wie sie es mochte. André versuchte immer wieder, ihr diese Farbtönung auszureden. Dann stand er vor ihr in seinem schwarzen Outfit und gestikulierte mit femininen Handbewegungen und spielte mit seinem schmalen, schwarzen Kamm, als sei es ein Fetisch. Aber sie mochte ihre Haare so, sie dachte dann an reiche, ältere Damen, wie sie sie oft in amerikanischen Filmen gesehen hatte.

Grete Hillenkamp hatte die Kissen im Rücken so drapiert, daß ihre Haare nicht gedrückt wurden. Sie las in einem Modemagazin und bediente sich in regelmäßigen Abständen, man hätte eine Uhr danach stellen können, aus der großen Pralinenschachtel, die neben ihr auf einem kleinen weißen Chippendale-Tischchen stand. Ganz hinten in der Ecke des weitläufigen Wohnraums stand der Fernseher mit großem Breitwandbild und spulte eine Vorabendserie ab, ohne daß Grete dem Geschehen besondere Aufmerksamkeit schenkte. Sie brauchte das Vorsichhinbrabbeln des Fernsehers, um nicht das Gefühl zu haben, allein im Raum zu sein.

Grete mochte nicht über ihr Alleinsein nachdenken. Die Kinder waren aus dem Haus und kamen höchstens einmal vorbei, wenn es wegen eines Feiertages der Anstand gebot, oder wenn es einen dicken Scheck abzuholen galt.

Grete rollte eine Champagnertrüffelkugel vorsichtig im Mund. Zuerst löste sie schmelzend mit der Zunge vorsichtig die kleinen Schokoladengrate, dann biß sie ganz behutsam auf die zartbittere Umhüllung, um gleich wie in einer glücklichen Überraschung den weichen, süßen, ein wenig alkoholischscharfen, cremigen Schmelz mit der Zungenspitze zu ertasten. Es war wie ein Kuß!

Nein, an solch erotische Begegnungen mochte sie nicht denken. Es war lange, sehr lange her, daß sie mit Caro, wie sie Carolus nannte, Zärtlichkeiten getauscht hatte. Heute war es schon viel, wenn er ihr einen freundschaftlichen Begrüßungs- oder Abschiedskuß auf die Wange drückte. Hastig, beiläufig, unaufmerksam, desinteressiert, kühl, sachlich.

Gretes Augen hingen an überschlanken, übergroßen Models auf den Hochglanzfotos. Mode aus Paris von hochberühmten Modeschöpfern, von Lagerfeld mit seinem Pferdeschwanz und wie sie alle hießen. Models, die Fünfzigtausend am Tag verdienen. Was heißt schon verdienen?

Grete würde solche Sachen nie tragen können, sie war untersetzt und hatte einen Rettungsring um die Hüfte. Am Geld lag es weniger, davon hatte sie genug. Caro genehmigte ihr ein ausreichend gefülltes Konto. Er hatte immer Geld. Sie hatte sich nie dafür interessiert, wie er es verdiente. Wenn eine Freundin sie fragte, dann sagte sie nur:

Carolus macht in Im- und Export. Carolus-Impex, so hieß seine Firma.

Caro war ziemlich oft unterwegs. Blieb manchmal tagelang weg. Bin geschäftlich unterwegs und dann und dann zurück, mehr sagte er nicht. Sein kleiner Reisekoffer stand immer bereit.

Manchmal blieb er nur über Nacht weg. Da war er bestimmt bei einem Weib, holte sich das, was er von ihr nicht mehr wollte. Grete verzog vor Bitterkeit den Mund und biß kräftig auf eine Nußpraline. Scheißkerl. Auch an diesem Abend war er unterwegs. Sie konnte es schon riechen, wenn er auf die Pirsch ging. Dann stank er aufdringlich von oben bis unten nach einem Herrenparfüm. Bocksgeruch.

Sie ließ sich nichts anmerken, als er ihr einen angedeuteten Kuß auf die Wange gab. Er war schnell aus dem Zimmer, als wolle er verhindern, daß sie noch etwas fragte.

Grete nahm eine neue Praline aus der Schachtel.

13.

Erst jetzt atmete Paula auf

Als Paula in die Rheinaustraße kam und vor ihrer Haustür stand, wurde ihr unangenehm bewußt, daß sie keinen Schlüssel hatte. Was sollte sie machen? Bei einem Nachbarn klingeln und sagen, daß sie den Schlüssel vergessen hatte? Sie konnte doch kaum sagen, daß sie ihn verloren hatte. Aber da öffnete sich schon die Haustür, und ein junger Mann trat heraus. Er machte einen etwas heruntergekommenen, wenig vertrauenswürdigen Eindruck. Aber das war Paula jetzt egal, sie murmelte: »Ach, da brauch ich ja meinen Schlüssel nicht rauszuholen«, drückte sich an dem jungen Mann vorbei, der nicht grüßte und den Mund zusammenkniff. Schon schloß Paula die Haustür von innen. Nun brauchte sie nur noch ihren Reserveschlüssel aus dem Keller zu holen; sie versteckte ihn auf einem oberen Querbalken über der Holzgittertür zu ihrem Kellerraum.

Erleichtert schloß Paula ihre Wohnungstür auf und steckte, wie sie es gewohnt war, den Schlüssel von innen auf das Schloß und drehte herum. Nun konnte von außen niemand mehr mit einem Schlüssel herein. Außerdem legte sie noch eine Sicherungskette vor.

Erst jetzt atmete Paula auf.

Auf einmal bekam sie einen mächtigen Hunger. Sie legte ihre Sachen ab, ging in die Küche und machte sich eine große Pfanne Bratkartoffeln, die sie mit einer Scheibe Sülze aus dem Kühlschrank mit großem Appetit verzehrte. Und da sie auch noch ein Fläschchen Bier dazutrank, besserte sich ihre Laune merklich.

14.

Mal sehen, was die Nacht bringt

Carolus B. Hillenkamp fuhr mit seinem silbergrauen Mercedes, die Typenbezeichnung hatte er sich diskreter Weise abmontieren lassen, über die B 56 nach Beuel hinein. Gut gelaunt pfiff er den alten Schlager *Gib mir einen Kuß durchs Telefon* und fühlte, wie ihm aus Vorfreunde warm zwischen den Beinen wurde. Elvira, das war schon ein flottes Häschen! Prima Figur, obwohl blond nicht ganz doof. Zur Not konnte man sich mit ihr unterhalten, zur Not fernsehen, aber meist hatten sie besseres zu tun. Kleiner Carolus hab ein bißchen Geduld! In einer Bar in der Bonner Rheingasse hatte er sie vor einem halben Jahr kennengelernt. Sie war mit so einem sportlichgestählten, jungen Typen dagewesen. Aber das nötige Geld machte die strahlendste Jugend wett. Du Idiot, da vorne! Kannst du nicht ein bißchen schneller fahren? Schleicht da mit fünfzig über ne Bundesstraße!

Elvira wußte, was sie wollte, nämlich Einen, der ihr den gewünschten Lebensstandard mit ein bißchen Luxus garantierte. Klar, daß man das nur für die nötige Großzügigkeit bekam. Carolus war da gerade der Richtige, wenn auch ein bißchen zu alt und ein bißchen zu fett. Aber wie singt Marilyn Monroe so schön: *Diamonds Are The Girls Best Friends.* Carolus war nicht knauserig. Als erfolgreicher Kaufmann war ihm klar, daß das Preis-Leistungs-Verhältnis stimmen mußte. Und bei Elvira stimmte es! Im Bett war sie ne Rakete und hatte einen tollen, jungen Körper mit der gewünschten Reife und Erfahrung. Carolus brauchte schließlich keine Jungfrau. Schon wieder diese blöde Ampel! Da haben die Rotgrünen ne extra Straßenbahnspur eingerichtet, daß die Autos nur noch eine Spur haben. Ist doch klar, daß sich zu Hauptverkehrszeiten alles staut. Hauptsache die Bahn hat alle Viertelstunde für dreihundert Meter freie Fahrt. Carolus trommelte mit den Fingern auf das Lenkrad. Er hatte immer weniger Geduld. Dann fühlte er mit seiner Linken in die rechte Brusttasche seines Jacketts, er vergewisserte sich, daß die schmale Kartonschachtel, in Geschenkpapier eingewickelt, noch da war. Wenn sie ihr erstes Match hinter sich hatten, dann würde er ihr das aufs gläserne Nachtschränkchen legen. Nach einer kleinen Verschnaufpause, blöd, daß es in seinem Alter nicht mehr so richtig und mit Ausdauer ging, mußte sich vielleicht doch diese neuen Pillen besorgen und alles blau sehen, dann würde es in die zweite Runde gehen. Elviras Leidenschaft durch Dankbarkeit angefeuert. Man bekommt im Leben nichts geschenkt. Nein, er ließ sich nicht lumpen. Die Wohnung hatten sie nach ihrem Geschmack aber auf seine Kosten eingerichtet, nur im Schlafzimmer hatte er ein paar Wünsche durchgesetzt. Zu ihrer beider Nutzen. Mit der Miete war das ja ne andere Kalkulation, da ihm das Haus gehörte. Das hatte er nur mit Holthausen regeln müssen, und der war ihm zu mancherlei verpflichtet. Der hätte damals nicht so leicht wieder nen Job bekommen.

Endlich löste sich der Stau auf, und Carolus pfiff wieder die Melodie *Gib mir einen Kuß durchs Telefon*. Nä, so´n richtiger Kuß mit Schmakkes und aller Leidenschaft, das war doch was anderes, als wenn ne Telefonstrippe zwischen ihnen hing!

Manchmal hatte er schon gedacht, ob er sich nicht von Grete scheiden lassen sollte. Würde aber wahrscheinlich ne Menge kosten. Da war das so billiger. Und das bißchen schlechtes Gewissen, daß sie ihm manchmal gab, ließ sich beiseiteschieben. Vielleicht war es auch nur die Gewohnheit, die Mutter seiner Kinder zu Hause zu wissen. Sie gehörte irgendwie zur Wohnungseinrichtung. Nein, jetzt wollte er wirklich nicht an Grete denken. Da waren eher geschäftliche Dinge, die ihm Kopfschmerzen bereiteten. Es hatte ein paar schwierige Transaktionen durchzuziehen. Die Presse hatte irgendwas gewittert und begann plötzlich, ihre Aufmerksamkeit seiner Carolus Impex zu widmen. Das war ihm gar nicht recht. Er hatte zwar schon seine Fleischpartner in England gewarnt, alles schön unter der Decke zu halten, aber er war sich deren Cleverness nicht ganz sicher. In seinem Büro in der Konrad-Adenauer-Allee, eine gute Adresse war wichtig, hatte er jedenfalls seine Anweisungen gegeben. Wichtige Papier waren an einen sicheren Ort gebracht; wofür hat man Freunde, die einem verpflichtet sind? Die Meuer würde alles richten. Wenn das reife Mädchen doch ein bißchen mehr Sex hätte. Aber man kann nicht alles haben. Ja, die Meuer, die war Gold wert. Gut, daß sie in der Eifel noch ihre Eltern hatte. Da war es nicht schwierig, ein paar brisante Akten vor neugierigen Augen zu verbergen. Nur mit dem Kaiser, da mußte er noch ein Wörtchen reden. Und wenn der nicht zuhören wollte, dann brauchte er ein bißchen Nachhilfe. Ärgerlich, das vergällte ihm ein wenig die Vorfreude auf Elvira. Ihr weicher, anschmiegsamer Körper. Ihr Duft nach Arpège. Wenn er nur das Parfüm roch, wurde er geil. Endlich erreichte er den Konrad-Adenauer-Platz. Noch ein, zwei Kurven, dann war er bei Elvira in der Rheinaustraße. In *seinem* Haus, das brauchte niemand zu wissen, nicht mal Elvira. Aber er mußte mit Kaiser reden. Er mußte das hinter sich bringen. Na ja, und er mußte mal was für die Stimmung von Grete tun. Ihr vielleicht auch mal was schenken. Vielleicht nen Pelzmantel? Durfte er natürlich Elvira nicht sagen, sonst wollte die auch einen. Man muß ja nichts übertreiben. Das Preis-Leistungs-Verhältnis muß stimmen.

Elvira guckt schon am Fenster. Die Maus weiß, was sich gehört. Ach du je, da steht schon wieder diese Alte an der Tür. Vielleicht sollte er sie aus der Wohnung ekeln, bezahlte sowieso zu wenig Miete. Da mußte er Holthausen mal drauf ansetzen.

Wo sind die Blumen?

Mal sehen, was die Nacht bringt.

15.

Das laute Reden machte sie böse

Paula ging ins Wohnzimmer, und da es schon ziemlich dunkel war, zog sie die Vorhänge zu, nicht ohne zuvor einen prüfenden Blick auf die Straße vor dem Haus zu werfen. Da hielt doch soeben der dicke, silbergraue Mercedes, der ihr bekannt war und tatsächlich, der gutgekleidete, ältere Herr stieg aus. In der Hand hielt er einen in Folie verpackten Blumenstrauß, der mit bunten Bändern verziert war. Der Mann macht einen seriösen Eindruck, dachte Paula. Dunkler Anzug, weißes Hemd, Krawatte. Die grauen Haare von einem guten Friseur kurzgeschnitten, randlose Brille, kurzgestutzter Schnäuzer. Der Mann will bestimmt zur Pützenbach. Eigentlich eine Schande, gestern war die noch mit diesem jungen Kerl zusammen. Und hier dem Herrn setzt sie bestimmt Hörner auf. Der sieht nach viel Geld aus. Wer weiß, vielleicht bezahlt er ihre Miete. Und teuere Klamotten, sündige Unterwäsche, wertvollen Schmuck. Liebeslohn. Aber ihren Spaß hat sie mit dem jungen Kerl. Sie müßte es dem Herrn sagen. Daß der weiß, daß er ausgenommen wird. Jetzt schaut der Herr hinauf zur ersten Etage und winkt mit einer Hand. Steht die Pützenbach am Fenster? Hat sie ihn erwartet? Ich muß es dem Herrn sagen, reinen Wein eingießen, vor dem Flittchen warnen.

Paula ließ ihre Fenstervorhänge wie sie waren und eilte zur Wohnungstür, schnell nahm sie ein Staubtuch aus dem Schränkchen in der Diele. Sie öffnete die Tür, tat einen Schritt in den Flur und begann die Tür zu säubern, Staub, den sie nur allein sah. Der Herr mußte an ihr vorbei. Unten wurde die Haustür geöffnet, der Herr betrat den Hausflur. Hat er doch tatsächlich einen Hausschlüssel, dachte Paula.

Der Herr schritt die wenigen Stufen hoch, bis er auf gleicher Höhe mit Paula war, er setzte zu einem freundlichen Gruß an.

Paula war auf einmal sehr aufgeschlossen: »Tach, der Herr. Sie haben aber schöne Blumen! Sie wissen, wat sich jehört. Sie wollen bestimmt zu Frau Pützenbach. Ach, ja, die hat ja ziemlich oft Besuch. Wenn ich da an der junge Mann von jestern denke ... «

Der Mann schaute erstaunt, murmelte ein *N'Abend*, schüttelte leicht den Kopf und ging zögernd an Paula Kappes vorbei.

Was ist das denn für ein altes Waschweib, dachte er. Er wollte das Gerede nicht verstanden haben, trotzdem setzte es sich in seinen Kopf: Ach, ja, die hat ja ziemlich oft Besuch. *Wenn ich da an der junge Mann von jestern denke ...*

Paula hielt mit ihrer Türreinigung inne und schaute dem Mann nach. Irgendwie war sie zufrieden mit sich. Sie vernahm die Schritte des Mannes, der die Treppe weiter nach oben ging. Paula hörte, wie sich oben eine Tür öffnete und dann die zuckrige, überfreundliche Stimme der Elvira Pützenbach: »Ach, das ist aber schön, daß du da bist, Liebster. Komm doch herein - und die schönen Blumen - «

Die Stimme des Mannes verstand Paula nicht. Dann wurde die Tür zugeschlagen. Für einen kurzen Moment war es ruhig im Treppenhaus, aber dann kam von weiter oben das Kindergeschrei der Italienerkinder, die die Treppe hinunterstürmten, und die Stimme von Frau Santini hinterher: »Volete stare silenziosi ed andare lentamente!«*

Paula schlug ihr Staubtuch aus, obwohl sie wußte, daß sich das im Treppenhaus nicht gehörte. Es war zugleich der Ausdruck ihres Widerwillens.

Sie ging in ihre Wohnung und schloß ab.

Kaum, daß sie die Tür geschlossen hatte, klingelte das Telefon. Unwillig nahm Paula den Hörer ab, sie wollte nicht mehr gestört werden.

Es war Frieda Klapperich.

»Hallo, Paula. Bis de juht in dein Wohnung jekommen? Dat tut mir leid mit der verschwundenen Handtasch.«

»Ich hab ja noch nen Ersatzschlüssel im Keller. Dat war kein Problem. Ich weiß nur net, wat ich machen soll. Ich weiß ja nicht, ob se mir aufem Schiff mein Handtasch jeklaut haben. Vielleicht is se int Wasser jefallen. Un wenn ich da zur Polizei jeh, dann gucken die nur blöd un saren, ich soll im Fundbüro nachgucken.«

»Ja, ja. De Polizei, deine Freund un Helfer«, sinnierte Frieda.

»Ich weiß noch nicht mal, wo dat Fundbüro is«, meinte Paula.

»Da frachs de am besten aufem Rathaus in Beuel«, empfahl Frieda.

»Dann mach et juht, ärjer dich net, et jibt schlimmeres«, ergänzte sie tröstend und verabschiedete sich.

Jetz guck ich noch ein bißchen fern, und dann geh ich ins Bett, sagte sich Paula, holte in der Küche eine Flasche Milch und ein Glas und ging ins Wohnzimmer.

Im Vorabendprogramm des ZDF lief ein Krimi, der interessierte sie nicht, und sie schaltete auf WDR III, um die Informationen der *Aktuellen Stunde* zu sehen. Die Sendung sah sie nach Möglichkeit jeden Abend.

Paula trank von ihrer Milch, das tat sie auch ihrem Magen zuliebe, denn die Bratkartoffeln und die Sülze ließen sie sauer aufstoßen. Soeben berichteten sie im Fernsehen von der Geburt eines kleinen Elefanten, und daß es dem Kalb gar nicht gut ging. Alle waren schrecklich traurig, der Reporter, der Tierpfleger, der Tierarzt, der Zoodirektor, die Zoobesucher. Die Fernsehansagerin kündigte eine Sondersendung für den späteren Abend an.

---

*»Wollt ihr wohl leise sein und langsam gehen!«

Was die wegen einem Tierkind für einen Wind machen, schüttelte Paula den Kopf. Da gab es doch weißgott Schlimmeres auf der Welt, und es gab Unrecht und Verbrechen und Unglück, wo die Fernsehleute sich drüber aufregen sollten. Jeden Tag sterben Dutzende im Straßenverkehr, und die sind höchstens eine kurze Meldung wert, wenn überhaupt.

Ich müßte denen vom WDR mal schreiben, dachte Paula. Sie war müde und konnte sich kaum noch auf die Sendung konzentrieren. Sie legte sich auf die Couch, vielleicht machte sie ein kleines Nickerchen. Um ins Bett zu gehen, war es doch noch zu früh. Aber, wenn sie einschlief, wurde sie um Mitternacht wach, hatte Blei in den Gliedern und blieb am liebsten auf der Couch liegen. Wenn sie dann doch aufstand, um sich bettfein zu machen und sich richtig ins Bett zu legen, dann war sie auf einmal hellwach und konnte keinen Schaf finden. Wälzte sich im Bett hin und her, bekam die verrücktesten Gedanken und sehnte den erlösenden Schlaf herbei.

So lag sie eine Stunde nach Mitternacht hellwach und horchte auf die nächtlichen Geräusche. Zur Sicherheit waren Rolladen vor den Fenstern, aber meistens hielt Paula unten einen großen Spalt auf, um auf die Straße sehen zu können.

Um diese Zeit fuhren nur noch wenige Autos vorbei. Schräg gegenüber war eine Kneipe, und die letzten Gäste kamen mehr oder weniger angetrunken auf die Straße. Da standen sie noch eine Weile zu zweit oder zu dritt zusammen, redeten alkohollaut. Einer machte einen Witz, die anderen grölten. Sie hätten auch gegrölt, wenn einer nur bis zehn gezählt hätte.

Paula verstand fast jedes Wort. Das laute Reden machte sie böse, und am liebsten wäre sie aufgestanden, hätte die Fenster aufgerissen, Ruhe gefordert und mit einem Anruf bei der Polizei gedroht. Aber aus Erfahrung wußte sie, daß die Kerle dann nur noch lauter wurden, hämisch lachten und sie vielleicht auch noch beschimpften.

5. Februar, Freitagmorgen früh, 2 Uhr 30

16.

In München steht ein Hofbräuhaus

Paula Kappes wurde aus dem Schlaf gerissen. Verschreckt richtete sie sich auf. Hatte sie schlecht geträumt, nachdem sie so lange wachgelegen hatte? Sie schüttelte den Kopf. Hatte sie einen Knall gehört? In ihrem Traum war ein Knall nicht vorgekommen. Jetzt erinnerte sie sich. Sie hatte von ihrem Friederich geträumt. Ausnahmsweise mal ein schöner Traum. Sie hatte von einem Urlaub geträumt, den sie mit ihrem Mann verbracht hatte. Sie waren nur wenige Jahre verheiratet gewesen, hatten sich was zusammengespart, und waren für eine Woche nach München gefahren. Sonst waren sie kaum von zu Hause weggekommen. Es war schon schwer genug, mit dem bißchen Geld zurechtzukommen, da war Urlaubmachen ein Luxus, den sie sich kaum leisten konnten. Wie oft dachte sie in ihren Träumen an München. Aber ein Knall war da nicht vorgekommen. Sie lauschte auf die Straße, vielleicht hatte ein Auto eine Fehlzündung gehabt, aber es war kein Auto zu hören. War es vielleicht schon weit weg? Noch immer saß Paula in ihrem Bett. Sie machte Licht und schaute auf die Uhr. Es war zwei Uhr dreißig in der Nacht, und es war Freitagmorgen.

Jetzt hörte sie im Treppenhaus ein Geräusch, so, als wenn etwas hingefallen wäre, ein kurzes metallisches Geräusch. Dann hörte sie leises Stimmengemurmel. Die Haustür wurde geöffnet und dann leise ins Schloß gezogen. Jemand hatte das Haus verlassen.

Paula sprang aus ihrem Bett, machte das Licht aus und eilte ans Fenster. Wer mochte zu so später Stunde noch das Haus verlassen? Vielleicht der ältere Herr, der die Pützenbach besucht hatte?

Wenn Paula sich in die äußerste Ecke ihres Fensters stellte, konnte sie erkennen, ob jemand aus der Haustür kam. Und da kam jemand heraus! Zwei junge Männer, die die Straße hinauf- und hinuntersahen, von der etwas entfernt stehenden Straßenlaterne schwach beleuchtet.

Hatte sie den einen Mann nicht jüngst aus dem Immobilienbüro von nebenan herauskommen sehen? Nun schauten sie auf das Fenster von Paula. Schnell bückte sie sich. Aber dann fiel ihr ein, daß sie ja das Licht ausgemacht hatte, jetzt bei Nacht konnte man sie bestimmt nicht von draußen erkennen. Den jungen Männern war wohl nichts aufgefallen, sie redeten miteinander und gingen dann in Richtung Rheinbrükke. Nach einigen Schritten verlor Paula sie aus den Augen.

War schon komisch, dachte Paula. Was mochten die Kerle zu so später Zeit noch im Haus zu suchen gehabt haben? Eigentlich sollte es ihr egal sein. Auf einmal war ihr kühl geworden, die Heizung gab zu dieser Zeit keine Wärme mehr, obwohl sie unmittelbar davor gehockt hatte. Schnell huschte Paula wieder in ihr Bett. Zog sich die Decke fest über den Kopf, ließ nur einen kleinen Spalt für die Nase frei und versuchte wieder einzuschlafen. Aber sie mußte an die jungen Männer denken, und daß ein lauter Knall sie aus dem Schlaf gerissen hatte. Oder hatte sie den Knall nur geträumt?

Paula versuchte sich abzulenken. Sie dachte an ihren Friederich und an den Urlaub in München. Das waren schöne Tage, so schöne Tage, wie sie sie nur selten erlebt hatte. Die lange Bahnfahrt. Vorher hatte sie vor Aufregung nichts essen können, aber kaum, daß sie auf ihrem Fensterplatz saß, bekam sie einen Heißhunger. Und Fritz saß neben ihr und hielt ihre Hand, wenn sie die nicht gerade zum Essen benötigte. Die Rheinlandschaft mit den Weinbergen, den schroffen Abhängen, den romantischen Burgen. Das gleichmäßige Rattern der Zugachsen, das Schaukeln des Eisenbahnwagens machte sie schläfrig, sie döste und träumte von einem schönen Aufenthalt in München. Der Englische Garten, die Isar, der Stachus, Schloß Nymphenburg, die Moriskentänzer. *In München steht ein Hofbräuhaus ...*

Endlich schlief Paula ein.

5. Februar, Freitagmorgen früh, 6 Uhr 30

17.

Wehe dem Manne

Wie spät auch Paula Katharina Kappes immer einschlief, wie oft ihr Schlaf auch während der Nacht unterbrochen wurde, so wurde sie doch jeden Morgen zur gleichen Zeit wach. Paula war ein ordnungsliebender Mensch, und die Pflichten des Tages waren ihr wichtig. Seit ein paar Jahren ging sie nicht mehr arbeiten, und niemand hätte es gestört, wenn sie in den Tag hineinlebte, tat wozu sie gerade Lust hatte, und den Herrgott einen guten Mann sein ließ. Nicht so Paula, es hätte sie selbst gestört. Sie brauchte einen geregelten Tagesablauf, dann wußte sie, was sie zu tun hatte, sonst wäre ihr die Bude auf den Kopf gefallen. Müßiggang ist aller Laster Anfang, war für Paula nicht nur ein anmaßendes Schlagwort. Frieda, ihre Schwägerin, war da anders. Die ließ sich nicht verrückt machen, sie ließ die Dinge einfach auf sich zukommen. Manchmal bewunderte Paula sie und wünschte sich selbst etwas mehr rheinische Leichtigkeit.

Paula setzte sich in ihrem Bett auf und schaute auf die Uhr: sechs Uhr dreißig. Ihre Zeit. Sie stand ohne langes Überlegen auf, stellte sich neben ihr Bett und machte ein paar Leibesübungen, obwohl es ihr in ihrem dünnen Nachthemd kalt war. *Man darf der Bequemlichkeit des Körpers nicht nachkommen.* Das war eine der Leitlinien für Paulas Leben. Paula reckte den Kopf mehrere Male nach links und dann nach rechts. Heute morgen verspürte sie ein leichtes Ziehen im Nacken. Sie mußte aufpassen, daß sich daraus nicht starke, krampfartige Kopfschmerzen entwickelten. Gleich würde sie viel heißes Wasser über ihren Nacken laufen lassen. Meist half das. Schließlich nahm sich Paula vor, den Tag über einen kleinen Schal zu tragen.

Dann ging sie zum Fenster, zog die Rolladen ganz hoch, die Übergardinen zur Seite und öffnete einen Fensterflügel. Ein Schwall kühler Luft schlug ihr entgegen. Gut, das machte sie richtig wach, und das gab frischen Sauerstoff.

Paula sah, wie der vornehmgekleidete ältere Mann mit den grauen Haaren aus der Haustür kam. Es war der gleiche Mann, den sie gestern abend im Hausflur angesprochen hatte. Er kam bestimmt von der Elvira Pützenbach. Der Mann ging auf die andere Straßenseite, dort stand der silbergraue Mercedes, passend zur Haarfarbe des Besitzers. Bevor der Mann einstieg, schaute er an dem Haus hoch, dann hob er leicht die Hand, aber so, als wenn er sich dessen schämte. Winkte er der Elvira Pützenbach zu? Gleich setzte sich der Mann ins Auto und fuhr sofort ab, er schaute noch einmal kurz zum Haus.

Ob er mich im Nachthemd am Fenster gesehen hat? fragte sich Paula. Auch egal. Aber der Mann wirkte leicht bedrückt. Hatte er mit der Pützenbach keine gute Nacht gehabt? Paula biß sich auf die Lippen, um ein aufkommendes Grinsen zu unterdrücken.

Es fiel ihr ein, daß sie in der Nacht wegen eines lauten Geräuschs aufgeschreckt war. War schon komisch. Aber noch immer konnte sie sich keinen Reim drauf machen.

Paula ging unter die Dusche und zog sich dann an. Während sie das Wasser für den Kaffee erhitzte, verließ sie rasch die Wohnung, um sich die Zeitung von Oedekoven auszuleihen.

Als sie an der Tür des Immobilienhändlers Kaiser vorbeikam, wunderte sie sich, denn die Tür war nur angelehnt, und von innen drang Licht und leise Radiomusik. Paula unterdrückte ihre Neugier, sagte sich: Was geht mich das an? und eilte in ihre Wohnung. Es brauchte ja niemand zu sehen, daß sie Oedekovens Zeitung in der Hand hielt. Ach Quatsch! Wer wußte schon im Haus, wer eine Zeitung bekam und wer nicht?

Inzwischen war das Kaffeewasser heiß, und sie brühte sich einen Handgefilterten. Der schmeckte ihr immer noch am besten. Zwei Brötchen hatte sie noch von gestern, die sie auf den Toaster legte, um sie aufzubacken.

Nun saß Paula an ihrem Küchentisch, vor sich die Zeitung ausgebreitet, neben sich das Frühstücksgeschirr. Sie las und biß dabei herzhaft in ein Marmeladenbrötchen. Sie hatte bis zur Lokalseite weitergeblättert: Beueler Nachrichten. Ein Artikel über 175 Jahre Beueler Weiberfastnacht.

Wehe dem Manne, der eine Weibersitzung störte

Wäscherinnen wehrten sich gegen die schlechten Arbeitsbedingungen.

Einmal im Jahr wird Beuel zur Weltmetropole. Bilder von der schääl Sick bereisen den gesamten Äther: Wenn Wäscherprinzessin und Obermöhn an Weiberfastnacht mit ihrem Gefolge von "jecken Wievern" das Rathaus stürmen, kommentieren englische, französische, ja, sogar japanische Stimmen dieses Ereignis. Und in diesem Jahr geht es richtig rund. In dieser Session feiert Beuel zum 175. Mal seine Weiberfastnacht.

Ein interessanter Artikel, dachte Paula, denn sie fühlte sich selbst angesprochen: einerseits hatte sie viele Jahre in einer Wäscherei ganz in der Nähe gearbeitet, und andererseits ging sie mit Hubbel, ihrer Freundin, auf Weiberfastnacht gern auf Jöck. Sonst machte sie sich ja nicht viel aus Karneval, aber auf Weiberfastnacht, da machte sie gern einmal mit.

Den Artikel möcht ich mir eigentlich aufheben, überlegte Paula. Kurzentschlossen nahm sie das Doppelblatt aus der Zeitung. Vielleicht fiel es Oedekoven gar nicht auf, daß die Seiten fehlten. Sonst sollte er eben reklamieren. Paula war in solchen Sachen großzügig.

Nach dem Frühstück brachte sie jedenfalls den General-Anzeiger wieder schön zusammengefaltet runter an die Haustür, da konnte sich dann Oedekoven die Zeitung holen.

18.

Oh wott e bjutifull Morning

Wieder kam Paula an der einen schmalen Spalt geöffneten Tür zum Immobilienbüro Kaiser vorbei. Diesmal siegte die Neugier, denn normalerweise war das Büro zu dieser Zeit noch nicht geöffnet. Paula horchte an der Tür, sie konnte leise eine Radiomusik hören. Da hat nur einer vergessen, die Tür zuzumachen, dachte sie und wollte sich abwenden. Aber dann hörte sie auch ein leises Winseln. War das ein Mensch oder ein Tier? Paula machte die Tür entschlossen auf, sie würde schon wissen, was sie zu sagen hatte, wenn man ihr vorwerfen würde, sie sei unerlaubt hier eingedrungen. Vielleicht wurde ihre Hilfe gebraucht, sagte sich Paula und machte den Rücken gerade. Es war schon einige Zeit her, daß sie in diesen Räumen gewesen war. Sie hatte hier geputzt. Immobilienhändler Kaiser war ein seltsam verschwiegener Mann, der ihr nur hier und da über den Weg gelaufen war. Er war ein Durchschnittsmensch: durchschnittlich alt und groß und gekleidet. Unauffällig. Paula hatte sich nicht für ihn interessiert. Ihr war nur in der letzten Zeit aufgefallen, daß häufiger etwas vergammelt aussehende junge Leute das Büro aufsuchten. Aber da hätte es schon mehr gebraucht, um ihre Neugier zu wecken. Aber jetzt war seltsamerweise ihre Neugier geweckt. An diesem Freitagmorgen kurz vor sieben Uhr.

Das Büro war vormals eine Wohnung. Da es sich um ein Doppelhaus handelte, waren die Wohnungen zum Treppenhaus hin spiegelbildlich angelegt. Hinter der Tür ein längerer Flur, auf der einen Seite eine Tür zur Toilette, auf der anderen Seite eine Tür zu einem Raum, den Paula in ihrer Wohnung als Küche benutzte. Nach rechts dann noch zwei Räume. Es sah fast mehr wie in einer Wohnung als in einem Büro aus. Auf dem Boden des Flurs ein langer Läufer, wohl ein echter Perserteppich.

Paula zögerte. Was gingen sie diese Räume an? Nun war das Radio ein wenig lauter, auch das Winseln wurde lauter. Die Radioklänge und das Winseln kamen aus dem hinteren großen Raum. Die Tür stand halb angelehnt. Auf einmal war Paula ganz komisch und ängstlich zumute, ihr Herz schlug schneller, und im Nacken war ihr, als kräuselten sich ihre Haare. Doch ihre Neugier siegte. Paula ging durch die Tür, sie kam in ein ziemlich großes Büro. Das Licht brannte hell. An den Wänden hingen große Fotos von Gebäuden und gerahmte Architekturzeichnungen. In der Mitte des Raumes stand ein großer Schreibtisch, daneben ein kleinerer Tisch mit Computer und Telefax. Nicht zu der etwas nüchternen Einrichtung paßte der übergroße Orientteppich, überwiegend in Rot- und Schwarztönen, der fast den ganzen Boden bedeckte. Die Musikklänge kamen von einem kleinen Radio, das auf dem Schreibtisch stand. Paula ging um den Schreibtisch herum. Sie erschreckte und starrte sie wie gebannt auf den Boden. Da lag seltsam verrenkt ein Hund, ein Rauhhaardackel. Er blutete oder er hatte geblutet, denn der Teppich um seinen Hinterkörper war mit einer Lache bedeckt. Der Hund konnte den Kopf kaum heben. Die Augen waren nur halb geöffnet, doch er winselte leise. Paula bückte sich, jetzt konnte sie noch Schlimmeres sehen: Da lag ein Mann! Hier ist ein Verbrechen passiert, ging es durch Paulas Kopf. Sie war aufgeregt und ihr Herz schlug wild. Sie ging um den Schreibtisch herum. Jetzt konnte sie den Mann ganz sehen. Er hatte hellbraunen Hosen an, perfekte Bügelfalte, braune, teuere Schuhe, auf Hochglanz geputzt. Es war Kaiser, der Immobilienhändler, er mußte es sein, dachte Paula, denn sie konnte den Kopf nicht sehen, er war mit einem umgestülpten, dunklen Papierkorb bedeckt. Nun bewegte sich der Hund, er rutschte auf Paula zu, die nicht wußte, was sie machen sollte. Sie hatte nie einen Hund gehabt. Jetzt empfand sie Mitleid, aber auch zugleich Ekel. Der Hund rutschte noch näher an Paula heran, hob leicht den Kopf, leckte ihre Pantoffel. Sie bückte sich. Was sollte sie machen? Wie konnte sie nur dem Hund helfen? Sie nahm ihre Schürze ab, legte sie um den Hund und hob ihn hoch. Er war schwerer als sie dachte. Das war verrückt, was sie da machte. Das Tier mußte zum Arzt. Und da lag ein toter Mann. Jemand hat Kaiser umgebracht! Sie mußte die Polizei anrufen, sie durfte nichts anfassen, das hatte sie aus Kriminalfilmen im Fernsehen gelernt. Sie hatte hier nichts zu suchen. Warum war sie auch so neugierig gewesen? Nun bekam sie gewiss Ärger. Sie überlegte, ob sie nicht einfach in ihre Wohnung gehen und alles anderen überlassen sollte. Aber immer noch siegte ihre Neugier. Sie warf einen Blick auf den Schreibtisch. Da standen eine Kaffeekanne und zwei Tassen. Die Tassen waren ausgetrunken bis auf einen kleinen angetrockneten, braunen Rest. Da lag auch eine Zeitschrift, sie war aufgeschlagen, an der unteren rechten Ecke fehlte ein Stück der Seite. Schon komisch, dachte

Paula. Aber, was hatte sie damit zu tun? Sie mußte endlich die Polizei anrufen. Der Hund winselte auf ihrem Arm. Sie mußte endlich die Polizei anrufen.

»Was ist denn hier los?« kam plötzlich eine Männerstimme von hinten: Paula hatte in ihrer Neugier nicht beachtet, daß jemand den Raum betreten hatte. Vielleicht hatte sie es überhört, weil immer noch das Radio lief, es plärrte soeben einen Gutenmorgenschlager *Oh wott e bjutifull Morning*. Paula fuhr herum. Es war Albert Oedekoven im Morgenmantel, er hatte die Zeitung in der Hand.

»Den Kaiser haben se umjebracht!« hatte sich Paula gefaßt.

Oedekoven sah sich um, dann sagte er: »Frau Kappes, kommen Sie. Wir rufen die Polizei. Die wird einen Arzt mitbringen. Kommen Sie.«

Paula zögerte, schaute noch einmal. Der Hund winselte auf ihrem Arm, aber jetzt knurrte er auch leise.

»Was ist mit dem Hund?« fragte Oedekoven.

»Der lag neben dem Mann auf dem Boden. Er ist verletzt. Ich kann ihn doch nicht so einfach liegen lassen.«

Oedekoven zuckte die Schultern. »Gut, kümmern Sie sich um das Tier. Kommen Sie, wir müssen die Polizei rufen«, sagte er.

Sie gingen beide aus der Wohnung.

Oedekoven schob die Tür mit einem Fuß soweit zu, daß sie noch gerade angelehnt war, ohne ins Schloß zu fallen.

»Bleiben Sie hier vor der Tür, lassen Sie niemanden hinein. Ich rufe die Polizei von meinem Apparat aus an«, bestimmte Oedekoven und eilte die Treppe hinauf.

Paula hatte kein Verlangen, an der Tür des Immobilienbüros stehenzubleiben. Da diese gegenüber ihrer eigenen Wohnungstür lag, konnte sie auch aus ihrer Wohnung heraus darauf aufpassen, daß niemand das Büro betrat.

Sie ließ ihre Wohnungstür weit aufstehen, ging in die Küche, legte ein altes Handtuch auf den Boden und den Hund vorsichtig darauf. Er versuchte ihre Hand zu lecken. Dann wickelte sie das Tier aus ihrer Schürze. Nahm einen Waschlappen, machte ihn naß und versuchte, den Hund vorsichtig zu säubern. Auf dem Rücken entdeckte sie eine größere Wunde, aber sie war schon verkrustet. Was sollte sie nur machen? Es war schon ein Wunder, daß ihr nicht schlecht wurde, sonst konnte sie kein Blut sehen. Vielleicht war es besser, wenn sie vorerst garnichts machte. Das Tier mußte zu einem Arzt. Paula ertappte sich dabei, daß sie sich mehr mit dem verletzten Hund als mit dem Toten nebenan beschäftigte. Paula wunderte sich schon über sich selbst, sie war erstaunt, daß sie Mitleid mit dem Hund hatte, wo sie sich doch eigentlich nichts aus Tieren machte. Seltsamerweise dachte sie an ihren toten Friederich. Sie vermeinte, seine Stimme zu hören: Es ist gut Paulchen - er hatte sie immer Paulchen genannt, und sie hatte sich darüber geärgert - es ist gut, daß du dich um den Hund kümmerst. Paula schloß für einen Moment die Augen. Dann schüttelte sie kurz den Kopf, um sich zusammenzureißen und in die Wirklichkeit zurückzukehren. Schnell machte sie sich eine heiße Tasse Milch. Die konnte sie auf den Schreck vertragen. Aber als sie an die leblose Person nebenan dachte, schlug ihr Herz wieder schneller. Da war bestimmt ein Verbrechen geschehen. War es wirklich Kaiser, der da gelegen hatte? Paula war sich nicht ganz sicher, sie hatte ja den Kopf nicht gesehen. War er umgebracht worden? Oder war es Selbstmord? Du denkst ja wie ein Kriminalbeamter, sagte sich Paula mit einem kleinen Lächeln. Was sollte sie sich da den Kopf zerbrechen. Schlimm genug, daß sie mit hineingezogen worden war. Sie ging das doch nichts an. Was hatte sie schon mit Kaiser zu tun? Meist lief er mit einer verkniffenen Miene herum, bekam kaum den Mund zu einem Gruß auf. Ein unhöflicher Typ. Paula schlürfte von ihrer heißen Milch. Sie hatte noch einen Löffel Honig hineingetan, das war Nervennahrung.

»Im Büro des Immobilienbüros Kaiser, hier im Parterre, da liegt eine leblose Person«, hörte sie im Geiste Oedekoven die Polizei anrufen. Die werden ihn dann nach der Anschrift fragen und nach seiner Telefonnummer. Werden sie mißtrauisch sein und zur Kontrolle zurückrufen? Dann hat Oedekoven seiner Frau, diesem blonden Gift, gesagt: Stell dir vor, ich will die Zeitung raufholen, da steht die Tür von dem Büro unten auf. Weil es mir komisch vorkam, bin ich rein, und da steht doch tatsächlich die Kappes da und hat einen verletzten Hund im Arm. Und auf dem Boden hinterm Schreibtisch liegt eine leblose Person. - Was weiß ich, ob das der Kaiser war? Stell dir vor, auf dem Kopf von dem stand ein umgestülpter Papierkorb. Ja, ja. Jetzt nerv mich nicht. Kannst ja runter gehen und zugucken, wenn die Polizei kommt. Ja, so ähnlich, sagte sich Paula, werden die Oedekovens miteinander reden.

19.

Kommen Sie mit

Es waren vielleicht zehn Minuten vergangen, als Paula Kappes hörte, daß vor dem Haus Autos hielten. Das ist bestimmt die Polizei, dachte sie. Schnell ging sie ans Wohnzimmerfenster, um auf die Straße zu sehen. Tatsächlich, da hatten zwei Streifenwagen vor der Tür gehalten.

Und schon klingelte es. Paula schaute noch einmal kurz in die Küche, der Hund hob mühsam den Kopf und sah ihr nach, sie eilte zum Türdrücker, betätigte ihn und trat in den Flur.

Zwei Poliziebeamte traten ein und stiegen die wenigen Stufen hoch.

»Guten Morgen. Sie haben wegen eines Toten angerufen?« fragte einer. »Mein Name ist Lülsdorf von der Beueler Polizeiwache, und das ist mein Kollege Overath.«

Währenddessen war Fritz Oedekoven die Treppe heruntergekommen. Er hatte sich angezogen, Hemd, Krawatte, Anzug.

»Ich habe angerufen, mein Name ist Oedekoven, bin Nachbar von Frau Kappes.«

»Guten Tag«, begrüßte Lülsdorf ihn mit Handschlag.

»Berichten Sie bitte kurz.«

»Ich wollte die Zeitung raufholen, da sah ich die Tür zum Immobilienbüro Kaiser aufstehen. Ich hörte Radiomusik und ein Tierwinseln. Ich dachte, da kann vielleicht etwas nicht stimmen und ging hinein - bis ins Büro. Da stand Frau Kappes. Und dann sah ich es. Auf dem Boden lag eine leblose Gestalt und Frau Kappes hielt einen wimmernden Hund im Arm.«

Lülsdorf sah Paula kurz an, sie nickte. Wenn sie auch auf einmal das Gefühl hatte, als habe sie sich etwas zu schulden kommen lassen.- Doch sie schob den Selbstvorwurf beiseite, als der Beamte sie freundlich anlächelte. Er wurde aber gleich wieder ernst.

»Dann wollen wir uns das einmal ansehen«, sagte er und zog seine Dienstpistole. Auch sein Kollege tat das.

»Warten Sie hier«, befahl Lülsdorf.

Die Beamten gingen hinein und erschienen wieder nach wenigen Minuten.

»Das sieht nach einem Verbrechen aus. Wir rufen die Bonner Mordkommission. Bitte halten Sie sich zu unserer Verfügung. Wir werden Sie ausführlich vernehmen müssen«, sagte Lülsdorf, dann verließ er das Haus, während sein Kollege an der Tür zum Immobilienbüro Wache hielt.

Inzwischen hatte es sich im Haus herumgesprochen, daß offensichtlich ein Verbrechen geschehen war. Santini kam im Schlafanzug die Treppe herunter, Rodolfo und Marcello, ebenfalls im Schlafanzug, waren ihm auf den Fersen. Santini versuchte sie lautstark und gestenreich wieder nach oben zu schicken, aber die Jungen dachten nicht daran, zu gehorchen.

»Was sein denn hier los?« fragte Santini.

»Sieht so aus, als wenn sie den Kaiser umgebracht hätten«, antwortete Oedekoven.

»Wer - *sie*?«

Oedekoven hob die Schultern um drei Zentimeter.

Paula ging in ihre Wohnung und machte die Tür zu. Sie wollte ihre Ruhe haben, konnte sich aber ausrechnen, daß die nicht von langer Dauer sein würde.

In der Küche wartete der Hund auf sie. Er lag immer noch auf dem Boden und wimmerte. Paula bückte sich und streichelte das Tier vorsichtig und paßte dabei auf, daß sie nicht an die Wunde kam. Der Hund winselte nicht mehr und leckte Paulas Hand. Was trinkt eigentlich so ein Hund? dachte sie. Wasser ist bestimmt nicht verkehrt, sagte sie sich. Stand auf, füllte Wasser in Ermangelung eines anderen Gefäßes in ein Puddingschüsselchen und stellte es an den Kopf des Hundes. Aber er war zu schwach, um zu trinken. Darum flößte ihm Paula das Wasser mit einem Löffel ins Maul.

Paula war froh, daß sie sich mit dem Hund beschäftigen konnte, da mußte sie nicht an den Toten von nebenan denken. Der Hund muß doch bestimmt Hunger haben, aber vielleicht nimmt er nichts an, wo er doch so schwach ist, überlegte Paula. Er mußte schnell zu einem Tierarzt.

Es klingelte an der Wohnungstür.

»Ich bin gleich wieder da«, sagte Paula zu dem Hund, der wieder mit seinem Wimmern anfing. »Na, stell dich nicht so an«, sagte sie und ging zur Wohnungstür.

Vor der Tür stand eine junge Frau. »Guten Tag«, sagte sie, »mein Name ist Susanne Brentano, Kriminalinspektorin von der Bonner Kriminalpolizei. Ich möchte Ihnen gern ein paar Fragen stellen.« Sie zeigte Paula Kappes ihren Dienstausweis.

Paula hatte schon damit gerechnet, daß die Polizei mit ihr reden wollte.

»Kommen Se rein«, sagte Paula.

Sie gingen in die Küche.

»Den Hund hab ich mit rübergenommen. Er lag verletzt neben dem Toten. Hab mich um ihn gekümmert.«

»Das hätten Sie eigentlich nicht gedurft. Aber ich kann es verstehen«, meinte die Frau von der Kriminalpolizei. Sie lächelte Paula jedoch an.

»Nehmen Se Platz«, sagte Paula, den Vorwurf wollte sie nicht auf sich sitzen lassen. »Sie können sich ja um den Hund kümmern, er muß zu nem Tierarzt.«

»Der Polizeiarzt ist schon drüben, er untersucht den Toten, und da sind auch Leute der Spurensicherung. Die werden sich den Hund noch ansehen müssen. Verstehen Sie mich bitte, Frau Kappes. Wenn die Polizei ein Kapitalverbrechen vermutet, wird allen Hinweisen nachgegangen. Aber erzählen Sie mir doch nun bitte, wie Sie den Toten fanden.«

»Wollen Se nicht ne Tasse Kaffee, Frau Kriminalinspektorin?« fragte nun Paula in einem umgänglicheren Ton.

»Da sag ich nicht nein«, lächelte die Kriminalbeamtin, »und lassen Sie das *Kriminalinspektorin* nur ja weg. Mein Name ist Brentano.«

»Sie können mich ja schon fragen, während ich den Kaffee mache«, meinte Paula Kappes.

»Was hat Sie überhaupt dazu veranlaßt, nebenan das Büro zu betreten?« fragte die Beamtin.

Paula stockte einen Moment und überlegte, ob sie von der Zeitung berichten sollte. Aber man würde ihr schon nicht den Kopf abreißen.

»Also«, zögerte sie, »et war nach halb sieben. Da bin ich aufjestanden. Hab mich jewaschen, anjezogen und dat Frühstück jemacht. Et war vielleicht zehn vor sieben, da bin ich zur Haustür und hab mir die Zeitung reinjeholt. - Also - die Zeitung ist von dem Oedekoven - die hab ich mir ausjeliehen. Er ist ja pensioniert und holt sie sich erst später rauf. Es schadet ja der Zeitung nicht - «

»Schon gut«, sagte Susanne Brentano und lächelte, »fahren Sie fort.«

Paula hantierte weiter bei ihrer Kaffeeherstellung.

»Ich hol mir also die Zeitung rein. Da hab ich schon jemerkt, dat die Tür vom Immobilienbüro aufstand, hab mir aber noch nichts dabei gedacht. Bin in meine Wohnung und hab jefrühstückt. Dann hab ich die Zeitung wieder zurückjebracht. Vielleicht ne Viertelstunde später. Da hat mich dann die offene Tür neugierig jemacht. Ich hab jezögert und jehorcht. Da hab ich Radiomusik gehört und dann ein Wimmern. Da bin ich rein. Und in dat Büro. Und da sah ich zuerst den Hund. Und dann die Beine von nem Mann. Es gibt ja auch Frauen, die lange Hosen tragen, wie Sie, - aber ich war mir da ziemlich sicher. - Wie wollen Sie den Kaffee? Mit Milch und Zucker?« -

»Nur mit Milch, bitte - «

»Also, ich bin dann um den Schreibtisch herum, da lag der Mann. Nur den Kopf konnt ich nicht sehen, da war ein Papierkorb drübergestülpt. Ich hab den Hund aufgehoben, weil er so jewimmert hat. War dat schlimm? Und dann kam Herr Oedekoven, der Nachbar von der zweiten Etage, rein. Aber dat kann er Ihnen ja selbst erzählen.«

Paula hatte den Kaffee eingeschüttet und sich hingesetzt.

Die Beamtin machte sich Notizen.

»Sie wissen nicht, wer der Tote ist?«

»Dat weiß ich nicht jenau, den Kopf hab ich ja nicht jesehen«, sagte Paula. »Aber ich mein, dat et von der Fijur her der Kaiser sein müßt.«

»Kaiser ist der Inhaber des Immobilienbüro von nebenan?«

Paula nickte und trank von ihrem Kaffee. Morgens brauchte sie den, um richtig wachzuwerden, denn sie hatte einen zu niedrigen Blutdruck.

»Sie waren Nachbarn, da müssen Sie doch Herrn Kaiser kennen«, meinte Susanne Brentano.

»Ich hab mal für ne kurze Zeit in dem Büro jeputzt, war nicht viel Dreck, aber der Kaiser war mit dem Geld ziemlich knauserig. Und dann hatten wir mal nen Streit, da hab ich die Brocken jeworfen. So dringend brauchte ich dat Geld auch wieder nicht.«

»Ist Ihnen diese Nacht oder heute morgen etwas Ungewöhnliches aufgefallen?« fragte die Beamtin.

Paula trank schlürfend von ihrem Kaffee und dachte nach.

»Da fällt mir wat ein«, sagte sie und setzte sich aufrecht. »Diese Nacht bin ich aus dem Schlaf geschreckt. Ich hab geglaubt, daß ein Schuß gefallen ist. Oder dat ein Auto eine Fehlzündung jehabt hat. Ich war aus nem Traum aufgewacht. Vielleicht hab ich dat mit dem Schuß nur jeträumt. Ich weiß et net. Aber ich war wach und konnt so schnell nicht wieder einschlafen.«

»Wissen Sie vielleicht, wie spät es war, als Sie den Schuß hörten oder vermeinten gehört zu haben?« fragte Brentano.

»Ich jlaub, et war unjefähr halb drei dies Nacht.«
»Ist Ihnen sonst noch was aufgefallen?«
»Ich weiß et net«, zuckte Paula die Schultern. »Ich weiß ja nicht, wat wichtig für Sie sein könnt. - Se suchen den, der den Kaiser umjebracht hat ?«
Susanne Brentano lächelte ernst: »Ja, wahrscheinlich.«
»Ist der Kaiser ermordet worden?«
Die Beamtin zuckte die Schultern. Nun trank auch sie nachdenklich von ihrem Kaffee. Dann stand sie auf. »Wir brauchen vermutlich jemanden, der den Toten von nebenan identifiziert. Können Sie das machen? Wir können aber auch Herrn Odekoven bitten. Ein Kollege von mir spricht jetzt gerade mit ihm.«
Das hatte Paula schon vermutet.
»Et macht mir nichts aus«, sagte Paula laut, »ich hab schon mehr als einen Toten in meinem Leben jesehen«, sagte sie lakonisch.
Die Beamtin gab Paula die Hand.
»Danke für Ihre Hinweise, wir werden uns wahrscheinlich wieder melden.
»Wat is mit dem Hund?« fragte Paula die hinausgehende Beamtin.
»Der Polizeiarzt wird ihn sich ansehen.«
Paula war wieder allein. Sie bückte sich zu dem verletzten Hund und versuchte, ihm Wasser einzuflößen. Langsam begriff sie, was es bedeutete, daß Kaiser tot war, daß jemand im Haus umgekommen war. Hatte jemand Kaiser ermordet? Wahrscheinlich, sonst würde sich die Polizei bestimmt nicht so ins Zeug legen. Na ja, sie hatte mit Kaiser mal nen Streit gehabt. Er hatte sie ausnutzen wollen, und das hatte sie sich nicht gefallen lassen. Ne alte Frau mit nem Appel und nem Ei abspeisen, das hatte er sich so gedacht. Aber, daß ihn jemand umbringt? Es war ihr zuwider, darüber nachzudenken. Trotzdem konnte sie sich nicht dagegen wehren.
Konnte es sein, daß es dem Hund schon ein bißchen besser ging? Er versuchte sich aufzurichten, aber er sackte wieder auf den Boden und begann wieder stärker zu wimmern.
Es klingelte erneut an der Wohnungstür. Schon wieder einer von der Kriminalpolizei, dachte Paula und verzog den Mund.
An der Tür standen zwei Männer und die Frau, die soeben bei ihr gewesen war. Wie hieß sie doch noch? Ach ja, Brentano.
»Können wir Sie noch einmal sprechen?« fragte die Frau.
»Kommen Se rein«, sagte Paula und machte den Weg frei. »Gehen

Sie rechts in die Küche, die Tür steht auf.«

»Wenn ich vorstellen darf? Herr Hartung, Kriminalhauptkommissar und Herr Dr. Klötzer, Polizeiarzt - Frau Kappes.«

Man schüttelte sich die Hände.

Der Polizeiarzt bückte sich dann ungefragt zu dem Hund, sprach beruhigend leise mit ihm und untersuchte ihn vorsichtig und routiniert, obwohl er ja kein Tierarzt war. Dann erhob er sich wieder und wendete sich an den Kommissar: »Jemand hat mit einem kantigen Gegenstand auf den Hund eingeschlagen, zwei, dreimal. Zum Glück nur Fleischwunden. Hat aber eine Menge Blut verloren. Ein Wunder, daß das Tier noch lebt. Sollte man vielleicht besser einschläfern lassen.«

»Soll dat heißen, Sie wollen den Hund umbringen?« fragte Paula aufgebracht.

»Was könnte das für ein Gegenstand gewesen sein?« fragte der Kommissar, ohne auf Paula einzugehen.

Der Polizeiarzt zuckte mit den Schultern: »Vielleicht ein Gegenstand aus dem Büro? Vielleicht ein großer Locher oder sowas ähnliches.«

»Gut«, meinte Hartung, der Kriminalkommissar, »wenn die Leute von der Spurensuche noch nichts gefunden haben, kann man sie ja mal besonders darauf ansetzen.«

»Wat is mit dem Hund?« fuhr Paula hartnäckig dazwischen.

Der Polizeiarzt sah zuerst den Kommissar dann Paula an, ein kleines Lächeln umspielte auf einmal seinen Mund: »Ein guter Tierarzt flickt ihn vielleicht wieder zusammen.«

»Wem gehört überhaupt der Hund? Etwa dem Toten? Ach ja, wir brauchen noch eine Identifizierung. Können Sie das machen?« Dabei schaute der Kommissar Paula an.

Paula war inzwischen ziemlich unwillig geworden, die traten hier auf, als wenn sie nicht in ner fremden Wohnung wären.

»Wenn Se meine Hilfe brauchen, dann sorgen Se erst mal dafür, dat der Hund versorgt wird. Er liegt hier schon ne halbe Stunde, und ich kann nicht helfen. - Der Hund hat im übrigen dem Kaiserjgehört.«

»Verzeihen Sie, Frau Kappes«, sagte die Beamtin. »Wir werden den Hund zu einem Tierarzt bringen. Aber - können Sie noch zuvor den Toten identifizieren?«

»Frau Kappes«, fiel der Kommissar der Beamtin ins Wort, aber gleichzeitig legte er ihr die Hand sanft auf die Schulter, Paula sah es und dachte sich ihr Teil. »Frau Kappes, wir müßten noch einmal ausführlich mit Ihnen reden. Vielleicht haben Sie Beobachtungen gemacht, die zur Aufklärung eines Verbrechens beitragen können. Bitte denken Sie darüber nach, was Ihnen Ungewöhnliches aufgefallen ist. Wir werden uns heute noch melden.«

»Können Sie für einen Moment mit hinübergehen, um den Toten zu identifizieren?« fragte die Beamtin.

Paula nickte.

Sie gingen alle hinaus in den Flur, da stand nur noch ein Polizist vor der Tür des Immobilienbüros Wache. In den Räumen des Immobilienhändlers waren mehrere Männer in weißen Overalls bei der Arbeit.

»Kommen Sie mit«, sagte die Beamtin und ging mit Paula in das große Büro. Der Mann lag immer noch hinter dem Schreibtisch. Jemand hatte mit Kreide eine dicke, weiße Umrandung um die liegende Person gemacht. Ein Fotograf baute gerade ein Fotostativ zusammen, schob die Spinnenbeine ineinander. Den Papierkorb hatte man von dem Kopf des Toten genommen.

»Erkennen Sie ihn wieder?« fragte die Beamtin.

Paulas Herz schlug auf einmal heftig, und ihr wurde heiß im Gesicht. Sie bekam die fliegende Hitze immer zur Unzeit. Sie bückte sich, um genauer hinsehen zu können.

Ja, das war Kaiser. Sein Gesicht zeigte einen Schrecken, sah aber sonst ganz normal aus. Am Hinterkopf jedoch war eine große, blutverkrustete Beule.

Paula nickte.

»Ja, dat ist Kaiser«, sagte sie. »Kann ich jetzt jehen?«

»Ich bringe Sie noch hinüber«, sagte die Kriminalinspektorin.

»Wat is mit dem Hund?« fragte Paula im Flur, sie wollte an etwas anderes denken, als an den toten Kaiser, wie er da auf dem Boden seines Büros lag.

Die Beamtin dachte einen Augenblick nach, dann sagte sie: »Hier in Beuel, gegenüber der Allgemeinen Ortskrankenkasse, wie heißt doch noch die Straße? - Ja richtig, die Hans-Böckler-Straße, da hat doch ein Tierarzt seine Praxis, da könnte ich Sie hinbringen. Ich werde hier im Moment nicht mehr gebraucht.«

Paula nickte. Es war schon komisch, daß sie sich auf einmal so für den Hund einsetzte. Aber irgendwie hatte sie das Gefühl, daß sie jetzt etwas brauchte, womit sie sich intensiv beschäftigen konnte.

»Ich zieh mir nur eben wat an«, sagte Paula und ging an ihre Garderobe. Susanne Brentano war mitgekommen, sie fand es rührend, daß sich die Frau - wie alt mochte sie sein? Vielleicht Ende fünfzig, Anfang sechzig? - um den Hund kümmerte. Es war doch nicht ihr Hund. Oder hatte das alles noch einen tieferen Grund, den sie nicht durchschaute?

»Haben Sie vielleicht einen Wäschekorb?« fragte Brentano, »da könnte man ein altes Handtuch oder Küchenkrepp oder eine alte Zeitung reintun - und den Hund vorsichtig drauflegen.«

Paula nickte, die Beamtin hatte einen praktischen Verstand. Im Schlafzimmer hob Paula ihre schmutzige Wäsche in einem großen, gelben Plastikkorb auf. Große Wäsche machte sie nur alle vierzehn Tage, für die kleine Wäsche reichte oft das Waschbecken. Das hatte sie immer schon so gehandhabt. Paula legte die schmutzige Wäsche auf ein altes Badetuch, knüpfte das Tuch an den Ecken zusammen und deponierte das Bündel in einer Schlafzimmerecke. Paula nahm sich vor, morgen zu waschen. Mit dem leeren gelben Plastikkorb ging sie in die Küche, dort kniete die Beamtin bei dem Hund, streichelte ihn. Paula empfand seltsamerweise eine kleine Eifersucht.

»Hier ist ein Korb«, sagte sie überflüssigerweise und bedeckten den Boden mit ein paar alte Zeitschriften und Reklamezeitungen. Gemeinsam hoben sie dann den Hund hinein.

»Besser, wir decken ihn nicht zu, wegen der Verletzung«, meinte Brentano.

Paula sagte »Hm.« Dann zog sie einen Mantel an und nahm den Wohnungsschlüssel vom neben der Tür hängenden Schlüsselbrettchen. Auf einmal fiel ihr heiß ein, daß auf der Personenfähre nach Bonn ihre Handtasche mit allem Drum und Dran abhandengekommen war. Sollte sie es jetzt der jungen Frau sagen? Sie schien verständnisvoll zu sein.

»Ist noch was?« fragte Brentano, als sie Paulas Zögern bemerkte.

»N.., nein. Ist schon gut, wir können los«, sagte Paula. Sie hatte die Gelegenheit nicht genutzt. Sie mußte zuerst noch gründlich nachdenken, entschuldigte sie sich.

20.

Nennen wir ihn Friederich

Da die Kriminalbeamtin beim Tierarzt ihren Ausweis zeigte, brauchte Paula mit dem Hund nicht zu warten. Eine weißgekleidete Sprechstundenhilfe führte sie gleich ins Behandlungszimmer, wo Doktor Landmann neben einem Behandlungstisch stand und einer Katze einen Verband um eine Vorderpfote legte. Die Sprechstundenhilfe flüsterte mit dem Doktor, der daraufhin einen prüfenden Blick auf Paula und den Hund in dem Plastikkorb warf.

»Einen Moment noch, bitte«, sagte der Doktor, machte den Verband an der Katzenpfote fertig und gab einer Frau, die ebenfalls neben dem Tisch stand, ein paar Anregungen zur Pflege ihres verletzten Tieres. Dann hob die Frau das Tier in einen Tragekorb und verließ mit einem »Danke schön, auf Wiedersehn, Herr Doktor« das Behandlungszimmer.

»Herr Doktor«, sagte Frau Brentano, die ebenfalls mit hereingekommen war, nachdem sie sich bei den anderen Wartenden im Wartezimmer für das Vordrängen entschuldigt hatte, »Herr Doktor, ich bin von der Bonner Kriminalpolizei, wir wurden heute morgen in ein Haus in der Rheinaustraße gerufen. Neben einer Leiche wurde dort dieser Hund gefunden. Bitte schauen Sie ihn sich an, vielleicht können Sie helfen.«

Der Doktor nickte verständnisvoll und sagte: »Dann legen Sie den Hund mal hier auf den Tisch.«

Als der Hund dort lag, wimmerte er leise.

Dr. Landmann untersuchte ihn sorgfältig, dann sagte er: »Der Hund ist ziemlich stark verletzt, er hat eine Fleischwunde und erhebliche Prellungen, und ich weiß noch nicht, ob auch innere Organe angegriffen sind. Aber soweit ich es jetzt kann, will ich den Hund versorgen.«

Dr. Landmann gab dem Hund eine Spritze und versorgte die Wunde, dann legte er gemeinsam mit seiner Assistentin einen Verband an. Als er damit fertig war, sagte er zu Paula Kappes: »Kommen Sie morgen mit dem Hund nochmal zu mir. Drücken wir die Daumen, daß er sich wieder berappelt.«

Dann lächelte er verbindlich.

Paula und die Beamtin legten den Hund wieder in den Plastikkorb und verließen die Praxis.

»Ich fahr Sie nach Hause«, sagte Susanne Brentano. Sie hatte auch ohne zu fragen verstanden, daß sich Paula um den Hund kümmern wollte.

Im Auto erzählte Susanne Brentano, daß sie als Kind einen Hund gehabt hatte, daß der jedoch von einem Auto totgefahren worden war.

»Dat tut mir aber leid«, sagte Paula und streichelte den Hund, der in seinem Korb neben ihr auf der Rückbank des Autos lag. Beide Frauen redeten kein Wort über das Verbrechen oder sprachen auch nur den Namen des Immoblienmaklers Kaiser aus.

»Lassen Se mal«, sagte Paula, als die Beamtin ihr helfen wollte, den Hund in die Wohnung zu tragen, »dat schaff ich schon allein.«

Susanne Brentano lächelte, als sie den gemütlichen Umgangston vernahm. Doch dann wurde sie ernst: »Die Kriminalpolizei wird noch einmal mit Ihnen wegen des toten Herrn Kaiser sprechen müssen. Ich rufe Sie an. Außerdem will ich ja wissen, wie es dem Hund geht. Wie heißt der überhaupt?« lächelte sie.

»Keine Ahnung«, grinste Paula und verzog nachdenklich den Mund.

»Nennen wir ihn Friederich, wie meinen verstorbenen Mann!« meinte sie spitzbübisch.

»Wollen wir hoffen, daß der Hund wieder gesund wird«, verabschiedete sich die Beamtin.

21.

Und endlich tat Paula einen Schrei!

Paula war froh, endlich allein zu sein. Sie ging in die Küche und stellte den Hundekorb auf den Boden vor das Fenster. Der Hund schlief.

Sie holte Milch aus dem Kühlschrank und ertappte sich dabei, daß sie sich leise verhielt, um Friederich, den Hund, nicht zu wecken. Du bist schon ne alte Frau, sagte sie zu sich, kümmerst dich um einen Hund, der dich eigentlich nichts angeht. Jetzt bist du auch noch auf den Hund gekommen! Das hatte ihr gerade noch auf ihre alten Tage gefehlt! Sie trank aus der Milchflasche, das war kalt, sie mußte aufpassen, daß sie sich nicht den Magen verdarb. Sie wischte sich den Milchschnäuzer ab und stellte die Flasche zurück.

Dann ging sie in den Flur, nahm den Telefonapparat an der langen Schnur und begab sich ins Wohnzimmer. Sie hatte ein paar Gespräche zu führen, schließlich mußte sie endlich loswerden, daß - so wie es aussah - im Haus ein schlimmes Verbrechen geschehen war.

Zuerst war Josefa Hubbelrath dran, ihre beste Freundin.

»Stell dir für, Hubbel, se han der Kaiser von nevenahn ömjebraht!« lautete die Einleitung, der eine ausführliche Beschreibung der Ereignisse folgte. Und Paula schloß mit: »Un jetz bin ich och noch op dr Hond jekomme!« Dann schlug sie vor: »Treffe mir uns jejen föneff im Kaffee Weber jejenöwwer der Kirch op en Stöckche Kooche. Äwwer du bezahls!«

Dann war Frieda Klapperich, an der Reihe: »Stell dir für, Frieda, se han der Kaiser von nevenahn ömjebraht!« lautete die Einleitung, der eine ausführliche Beschreibung der Ereignisse folgte. Und Paula schloß mit: »Un jetz bin ich och noch op dr Hond jekomme!«

»Dat darf doch nich wahr sein!« erregte sich Frieda. »Paula, paß nur auf dich auf, nicht dat du als nächstes dran bis.« Da mischte sich aber bereits ein Spur Humor in Friedas Anteilnahme. »Un wenn de mit dem Hund nicht klarkommst, dann kannste den uns bringen. Mit meinem Jösefchen hab ich so mein Erfahrungen, da kann dat mit nem Hund nich viel schwerer sein.«

»Jetz zieh mich auch noch auf«, wehrte sich Paula, »du hast keinen Toten im Haus.«

»Is ja juht. Paß nur auf dich auf«, lenkte Frieda ein, aber dann berührte sie doch einen wunden Punkt, den Paula die ganze Zeit verdrängt hatte: »Wat macht eijentlich dein verlorene Handtasch?«

»Ich weiß et net«, gab Paula kleinlaut zu.

»Da mußte dich aber drum kümmern, Paula. In der Tasch war doch auch deine Hausschlüssel. Stell dir nur vor, die kriegt ein Janove in de Finger! Dat mußte unbedingt melden! Auch deinem Hauswirt. Der muß bestimmt dat Schloß an der Haustür austauschen, damit kein Fremder errein kann.«

»Is ja juht. Mach mich nicht janz jeck«, wehrte Paula ab. Aber es war ihr plötzlich ganz heiß geworden. Schnell verabschiedete sie sich von Frieda: »Ich ruf dich wieder an.«

Nachdenklich saß Paula in ihrem Sessel und fühlte sich auf einmal unwohl. Sie hatte die ganze Zeit verdrängt, daß der Hausschlüssel verschwunden war. Sie hätte es längst Holthausen, dem Hausverwalter, melden müssen. Und der Polizei vielleicht auch. Hätte sie es doch nur der jungen Frau von der Kriminalpolizei gesagt, die machte doch einen verständigen, freundlichen Eindruck. War es dafür nicht jetzt zu spät? Würde man ihr nicht böse Vorwürfe machen? Kaiser war ermordet worden. Das hatte zwar noch keiner von der Polizei gesagt, aber es sah doch ganz so aus. Und wenn der Mörder mit ihrem Schlüssel ins Haus gekommen war? Nicht auszudenken!

Paula war es richtig flau in der Magengegend geworden. Sie ging zum Wohnzimmerschrank, der eine kleine verspiegelte Bar enthielt, hier standen ein paar Flaschen Alkohol für besondere Gelegenheiten, die selten genug waren. Paula füllte sich ein kleines Glas mit Schnaps und goß es mit einem Zug hinunter. Iiiii - , brannte das im Hals, wie Feuer, das sie hinunterschluckte. Aber als das Brennen nachließ, verschwand auch die Übelkeit aus ihrem Magen. Paula setzte sich wieder hin. Sie war keinen Alkohol gewohnt. Aber nun genoß sie das angenehme Gefühl der Wärme, die sich in ihrem Körper ausbreitete, und das Gefühl schwingender Leichtigkeit, das von ihrem Kopf Besitz ergriff. Ob sie sich noch ein Gläschen genehmigen sollte? Auf einem Bein steht man nicht, hatte immer ihr Friederich gesagt. Es konnte bestimmt nicht schaden. Paula stand vorsichtig auf, ihr war ein bißchen schwindelig, und die Beine waren ihr weich. Aber als sie erst einmal stand, ging es leicht. Noch schneller kippte sie das zweite Gläschen hinunter. Es brannte nicht mehr gar so schlimm. Das tat wirklich gut! Daß man sich nach so einem bißchen Schnaps so wohl fühlen konnte - bessere Laune - sogar ein wenig Fröhlichkeit - erst bis zum Sessel kommen - festhalten - warum wackelte nur der Boden so? - wie auf einem Schiff - doch besser gleich auf die Couch - ja - jetzt setzen - den Kopf geradehalten - dann - vorsichtig - hinlegen. - Liegen. - Tut das gut. - Ein bißchen ausruhen. - Ein bißchen schlafen. - Ein aufregender Morgen. - Nichts für eine alte Frau. - Nichts für die Paula Kappes. -

Sie döste. Jetzt nicht schon wieder schlafen, wehrte sich zuerst etwas in ihr. Aber die beiden Schnäpse machten sie willenlos und träge. Und Paula schlief ein. -

Sie war ein junges Mädchen und lief mit einem Hund, den sie an einer Leine hielt, am Rheinufer entlang. Der Hund zerrte und bellte.

Paula war fröhlich. Sie hatte ein leichtes, luftiges, buntes Sommerkleid an, das ihr nur bis an die Knie ging. Paula lief. Aber sie spürte ihre Knie nicht, obwohl sie sich gestern verletzt hatte, sie war hingefallen und hatte sich ein paar Schürfwunden geholt. Nicht so schnell Hund, rief sie, ich bekomm ja gar keine Luft mehr! Ich bin doch kein Hund! Nicht so schnell! Und da blieb der Hund plötzlich stehen, blieb stehen und kam langsam auf sie zu. Dabei wurde der Hund immer größer, und er veränderte sich. Er wurde zu einem Menschen. Er wurde zu Friederich! Und er hatte immer noch das Halsband um den Hals. Was soll nur dieses alberne Halsband um deinen Hals? fragte sie, du machst dich ja vor den Leuten lächerlich. Dann mach mir doch das Halsband ab, du hast mich doch in deiner Hand, sagte Friederich, der da in seinem dunklen Sonntagsanzug mit dem weißen Hemd und der silbergrauen Krawatte und den blankgeputzten, schwarzen Schuhen stand, und in der einen Hand die schwarzen Lederhandschuhe hielt. Paula fror es auf einmal in ihrem kurzen Sommerkleid, und auch die Schürfwunden an ihren Knien brannten auf einmal schmerzhaft. Da zog Paula an dem Halsband. Aber sie war nicht vorsichtig. Ohne daß sie es wollte, zog sich das Halsband immer enger um den Hals von Friederich, immer enger. Er riß den Mund auf, wollte einen Schrei ausstoßen, aber das ging nicht. Trotzdem zog Paula immer enger. Friederichs Hals wurde immer dünner - und auf einmal fiel der Kopf ab auf den Boden, und auf dem Weg des Fallens kam ein kläglicher langgezogener Ton aus seinem Mund. Paula hielt das Halsband in der Hand, und sie starrte auf die dunkelgekleidete Figur, die nun auch langsam hinfiel. Und dann lag da der Körper, am Ufer des Rheins, nur wenige Meter vom Wasser entfernt, gekrümmt, wie ein großes Fragezeichen. Und nun sah Paula es ganz deutlich: Es war der Körper des toten Immobilienmaklers Kaiser! Und endlich tat Paula einen Schrei! -

Plötzlich schreckte Paula aus ihrem Traum hoch. Setzte sich auf. Und hörte leises Wimmern. Paula fühlte sich nicht klar im Kopf. Es war ihr, als sei da ein Topf mit Suppe, die bei der kleinsten Bewegung hin und her schwappte. Paula drückte sich die Handballen auf die Schläfen. Sie hatte geträumt. Was hatte sie nur für einen Unsinn geträumt. Und sie erinnerte sich, daß sie zwei Schnäpse getrunken hatte. Viel zu viel für ne alte Frau, wie mich, sagte sich Paula. Sie horchte. Ja, da war ein Wimmern. Der Hund in der Küche.

Jetzt ertönte auch noch die Wohnungsklingel.

22.

Wir sollten alles aufschreiben

Nach einer kurzen Weile klingelte es schon wieder an der Wohnungstür.

»Ja, ja, ich komm schon! Ne alte Frau ist doch kein D-Zug!« sagte Paula ungehalten und rappelte sich von ihrer Couch hoch, zog sich das Kleid glatt und schlurfte mit benebeltem Kopf und leicht schwankendem Gang zum Flur und zur Wohnungstür.

Paula öffnete unwillig einen schmalen Spalt.

Da stand Albert Oedekoven.

»Tag, Frau Kappes«, sagte er. »Ich möchte Sie mal kurz sprechen. Die Kriminalpolizei hat mich vernommen, hm, mit mir geredet - «

Albert Oedekoven zögerte.

»Kommen Se nur rein«, sagte Paula Kappes, denn, wenn sie es sich auch nicht recht eingestehen wollte, auf eine gewisse Weise mochte sie Oedekoven. Er erinnerte sie an ihren verstorbenen Mann.

»Kommen Se nur rein«, wiederholte Paula, öffnete die Tür weit und ließ Oedekoven vorbei. »Gehen Se in die Küche, ich will sowieso nach dem Dackel gucken.«

Oedekoven beugte sich über den Hundekorb: »Na, wie geht es uns denn? Du kannst ja schon wieder deinen Kopf heben!«

Der Hund knurrte leise, und dann wimmerte er.

Paula lächelte: »Wir waren beim Tierarzt, der hat ihn hoffentlich wieder zusammenjeflickt.«

Paula fragte gleich: »Wollen Sie ne Tasse Kaffee?«

»Wär nicht übel«, nickte Oedekoven.

»Setzen Sie sich doch an den Tisch. - Da hat eben noch die Frau von der Kriminalpolizei gesessen«, sagte Paula und begab sich an die Kaffeemaschine. Beide Frauen waren eine Weile ruhig. Auf dem Tisch lag noch der Beueler Teil des Generalanzeigers. Komisch, dachte Oedekoven, in meiner Zeitung hat genau dieser Teil gefehlt. Sollte die Frau

Kappes etwa? - Nun konnte er ein kleines Grinsen nicht vermeiden. Er hatte es schon immer vermutet.

»Was hat die Kriminalpolizei von Ihnen jewollt?« unterbrach ihn Paula.

»Darüber wollte ich ja mit Ihnen reden«, sagte Oedekoven.

»Dann mach ich erst mal den Kaffee fertig. Wie wollen Sie ihn? Mit Milch und Zucker?«

»Mit ein bißchen Milch bitte, und - machen Sie ihn nicht so stark. Sie wissen, meine Bauchspeicheldrüse.«

»Ich geb Ihnen wat heißes Wasser dazu«, sagte Paula.

Dann stellte sie das Tablett mit den Kaffeetassen und der Milch auf den Tisch und setzte sich.

»Das ist schon ne schlimme Sache - mit dem Kaiser«, sagte Oedekoven und trank von seinem Kaffee. »Da war ein Kriminalhauptkommissar Hartung, der wollte ganz genau wissen, was ich getan habe und was ich gesehen habe. Was hab ich schon sagen können? Ich wollte die Zeitung raufholen, hab ich gesagt. Und da stand die Tür zum Immobilienbüro auf. Ich bin dann ins Büro - und da hab ich Sie stehen sehen, hinter dem Schreibtisch - und Sie waren gerade dabei, den Hund hochzuheben. Sie waren ein wenig erschreckt, als sie mich sahen. Genau so war es. Und ich finde, es ist wichtig, daß man genau bei der Wahrheit bleibt. - Hm, das ist ein leckerer Kaffee - aber, wenn ich doch noch ein bißchen Wasser haben darf, meine Bauchspeicheldrüse?«

Paula holte heißes Wasser und sagte: »Die von der Polizei sind ziemlich neugierig. Na ja, dat müssen die ja wohl sein.«

»Dann hab ich gesagt, daß wir das Büro verlassen haben, daß Sie mit dem Hund in Ihre Wohnung sind und ich hinauf in meine Wohnung, um die Polizei anzurufen.«

Paula überlegte eine Weile, dann sagte sie: »Ja, dat muß schon komisch für Sie ausjesehen haben, wie ich da bei dem Toten stand - mit dem Hund aufem Arm.«

Auch Oedekoven zögerte einen Moment, trank derweil von seinem Kaffee und sagte dann: »Die von der Kriminalpolizei denken ja an alles mögliche. Es würd mich nicht wundern, wenn die auch noch Sie in Verdacht haben. Absurd. Aber die schließen wahrscheinlich nichts aus.«

»Dat fehlt noch, daß die mich verdächtigen«, war Paula nun aufgebracht. »Dat is doch lächerlich.«

»Na, beruhigen Sie sich mal. Aber es ist schon gut, wenn Sie auf die Fragen vorbereitet sind. Oder haben die schon mit Ihnen geredet?«

»Nur kurz«, sagte Paula, »sie wollen noch mal wiederkommen.«

»Sie haben doch mal bei dem Kaiser geputzt. So redet man hier im Haus. Und die Leute sagen auch, daß Sie mit Kaiser mal einen Streit hatten. Die Kriminalpolizei bringt es fertig und konstruiert ein Motiv daraus.«

»Dat darf doch wohl nicht wahr sein«, sagte Paula leise, es wurde ihr heiß, und sie spürte, wie ihr das Blut ins Gesicht schoß. Sie erhob sich plötzlich, und auf einmal wurde sie zornig und giftete Oedekoven an: »Dat fehlt noch, dat Se dat der Polizei stecken! Dat hätt ich Ihnen nicht zujetraut! Machen Se nur, dat Se rauskommen!«

Oedekoven war über den plötzlichen Stimmungswechsel erstaunt. Er sah Paula ruhig an und lächelte dann: »Bitte, Frau Kappes. Setzen Sie sich, Sie tun mir unrecht. Nichts davon habe ich der Polizei gesagt. Im Gegenteil. Ich hab Sie in Schutz genommen. - Aber vielleicht sollten wir uns wirklich Gedanken machen, wie Kaiser zu Tode gekommen ist. Wenn alles aufgeklärt ist, wird keiner mehr den Mund aufmachen. Kommen Sie, Frau Kappes, setzen Sie sich.«

Paula versuchte sich zu beruhigen. Sie schaute nach dem Hund, der sie von der Seite mit treuen Augen ansah. Dann blickte sie Oedekoven wieder ins Gesicht, und - ohne es zu wollen - begann sie zu lächeln.

Sie setzte sich wieder.

»Denken wir doch einmal nach. Vielleicht wissen wir etwas, was auf den Täter hinweist, so daß wir der Kriminalpolizei einen Tip geben können. Ist Ihnen, ist mir in der letzten Zeit etwas Ungewöhnliches aufgefallen?« fragte Oedekoven bedächtig.

Paula dachte nach und verrieb mit dem Zeigefinger einen Kaffeefleck auf der gelbhellblaugestreiften Kunststofftischdecke. Sie biß sich auf die Lippe und sagte dann, ohne Oedekoven anzusehen: »Mir ist in der letzten Zeit aufjefallen, dat so komische Typen, meistens junge Frauen und Männer, in dat Büro vom Kaiser jejangen sind. Auch in den letzten Tagen. Und - warten Se mal - in der Nacht bin ich ausem Schlaf aufjeschreckt. Et war jejen halb drei. Ich bin aufjestanden und hab aus dem Fenster jekuckt. Da kamen zwei junge Männer ausem Haus. Einer is mir irjendwie bekannt vorjekommen. Ich glaub, ich hab den vor ein paar Tagen mit em anderen Mann ausem Büro vom Kaiser rauskommen sehen. Oder jingen se rein? Mein Gedächtnis is nicht mehr dat beste.«

»Das wär doch schon was«, lächelte Oedekoven. »Wir sollten alles aufschreiben, was uns, Ihnen und mir, aufgefallen ist. Haben Sie nicht ein Blatt Papier?«

Paula ging an ihren Küchenschrank und nahm aus einer Schublade einen Schreibblock und einen Kugelschreiber. Sie legte beides vor Oedekoven hin, der in kurzen Worten aufschrieb, was Paula ihm soeben berichtet hatte.

Dann schaute er auf seine Armbanduhr.

»Herrje«, sagte er. »Da hab ich doch ganz vergessen, daß ich einen Arzttermin habe.«

Er sprang auf.

»Wenn es Ihnen recht ist, komme ich wieder. Nur, wenn es Ihnen recht ist. Jetzt muß ich gehen. Tag, Frau Kappes. Es wird schon alles werden.«

Eilig gab er Paula die Hand und verließ mit schnellen Schritten die Wohnung.

23.

Bitte haltet mich auf dem Laufenden

Kriminalhauptkommisar Karl Maria Hartung war Leiter der 2. Mordkommission der Bonner Kriminalpolizei. Er saß in seinem Büro im Polizeipräsidium und hatte seine engsten Mitarbeiter um sich versammelt.

Hartung war etwa Mitte fünfzig, etwas untersetzt, mit einem Ansatz von Bauch, den er unter weiten Jacken zu verbergen suchte. Die Haare waren ergraut, er trug sie kurz. Wenn er auch Westfale von Geburt war, hatten die langen Jahre in Bonn sein etwas steifes, verschlossenes Wesen mit einer gewissen freundlichen Verbindlichkeit aufgelockert. Eine manchmal sture Hartnäckigkeit war ihm nicht selten im Privatleben ein Hindernis, bei der Kriminalpolizei aber häufig von gutem Nutzen. Hartung genoß den Ruf eines verbissenen Ermittlers, und von den Mordfällen, die in seinem Kommissariat zu bearbeiten waren, blieben nur ganz wenige unaufgeklärt.

Selbst gute Freunde hatten sich gewundert, daß sich Hartung vor wenigen Jahren nach langer Ehe von seiner Frau Adelheid hatte scheiden lassen. Er hatte sich in Susanne Brentano verliebt, einer Mitarbeiterin bei der Kriminalpolizei. Seine Freunde hatten ihm einen solchen Schritt nicht zugetraut, er paßte einfach nicht zu ihm. Und zuerst hatte es auch böses Blut in der Dienststelle gegeben. Susanne Brentano hatte, um dem Gerede aus dem Weg zu gehen, die Abteilung gewechselt. Inzwischen aber arbeiteten sie wieder zusammen, und das auch mit gutem beruflichen Erfolg. So hatten sich die meisten daran gewöhnt, daß die beiden auch privat ein Paar waren.

So war denn auch Susanne Brentano, Kriminalinspektorin, eine aparte Person um die Dreißig, schlank, halblanges, dunkelblondes Haar, mit schicker Brille auf der Stupsnase, mit dabei in Hartungs Büro. Außerdem waren noch Kriminalinspektor Mahlmann und Kriminalhauptwachtmeister Feldmann anwesend.

Inzwischen war Hartung aufgestanden, er hielt eine Untertasse in der einen, eine Kaffeetasse in der anderen Hand und trank, ohne sich besonders an der mäßigen Qualität des Gesöffs zu erfreuen.

»Kann man nicht mal was besseren Kaffee kaufen? Ich tu auch gern was dabei«, nörgelte er zwischen den Schlucken. Dabei trank er üblicherweise seinen Kaffee so süß, daß es auf die edle Bohne gar nicht mehr ankam. Siehe Bauchansatz. Hartung liebte Süßigkeiten, er belohnte sich damit für den Streß, den er tagein, tagaus ertragen mußte. Auch Susanne Brentano hatte ihm das nicht abgewöhnen können.

Hartung mochte die Sitte nicht, sich unter Kollegen zu duzen. Er war überzeugt, daß das eine sachliche Zusammenarbeit, die oft auch eine übergeordnete Entscheidung verlangte, nur erschwerte. Er war eben doch kein Rheinländer. So ganz konsequent war er dennoch nicht, denn nach anfänglichem Zögern, duzte er nun Susanne Brentano auch vor seinen Mitarbeitern im Amt. Trotzdem hatte er dabei gewisse Hemmungen.

So sagte er denn, nachdem er die Untertasse nebst draufgestellter Kaffeetasse auf seinem Schreibtisch deponiert hatte: »Mahlmann, fassen Sie mal zusammen, was wir bis jetzt im Fall Kaiser wissen.«

Mahlmann war neben Susanne Hartungs rechte Hand, er hätte schon längst berufliche Karriere gemacht, wenn er mit seinen Mitteln zuweilen wählerischer gewesen wäre. Man sagte ihm auch nach, er wäre in dem einen oder anderen Kriminalfall einer Zeugin oder gar weiblichen Verdächtigten in erotischer Hinsicht zu nahe getreten. Wobei das Wort *getreten* die Umstände offenbar unzulässig verharmloste. Hartung hatte ihm einige Male den Marsch geblasen, ihn aber nicht fallengelassen. Er brauchte Mahlmann, und auch als gebürtiger Westfale trug er seine Prinzipien nicht unterm Arm spazieren. Natürlich war Mahlmann gewarnt, er wußte, daß er seine Finger und anderes bei sich zu behalten hatte.

Die im Raum Versammelten hatten schon eine Weile über den Fall gesprochen. Und da Mahlmann ein gutes Gedächtnis hatte, faßte er, auch ohne in eine Akte sehen zu müssen, zusammen: »Immobilienhändler Eberhard Kaiser, laut Personalausweis 49 Jahre, geboren in Koblenz, geschieden. Büro in Beuel, Rheinaustraße. Wohnung in Vilich-Müldorf, Burbankstraße. Alleinlebend. Kaiser wurde in der Nacht vom Donnerstag, dem 4.2. auf heute, Freitag, den 5.2. in seinem Büro getötet. Nach der vorläufigen Untersuchung durch Polzeiarzt Dr. Klötzer starb Kaiser durch Gewalteinwirkung, das heißt, durch einen Schlag auf den Hinterkopf mit einem schweren, kantigen Gegenstand. Bei dem Gegenstand handelt es sich um einen schweren Klebstreifenabroller, so ein schweres Standgerät, das auf dem Schreibtisch des Toten unmittelbar in der Nähe der Leiche gefunden wurde. Der Tod muß, laut Dr. Klötzer, in den frühen Morgenstunden eingetreten sein. Der tote Mann lag hinter seinem Schreibtisch. Selbstmord ist wohl mit großer Wahrscheinlichkeit auszuschließen. Daß sich jemand durch einen Schlag auf den Hinterkopf selbst tötet, ist mir noch nicht untergekommen -.« Mahlmann schaute trotz des ernsten Anlasses mit einem leichten Grinsen in die Runde.

»Weiter«, forderte Hartung mit unbeweglichem Gesicht auf.

»Selbstmord wird außerdem ausgeschlossen, weil die vermutliche Tatwaffe säuberlich - na gut, blutbeschmiert - auf dem Schreibtisch abgestellt wurde. Das wird Kaiser kaum selbst zuwege gebracht haben. Gut. Ich fasse mich kurz. Den Toten aufgefunden haben die Wohnungsnachbarin zur Parterre, eine Paula Kappes, Anfang sechzig, und der Wohnungsnachbar Albert Oedekoven, Mitte fünfzig, zweites Stockwerk. Das heißt, die Frau Kappes war schon bei dem Toten, als Herr Oedekoven hinzutrat. Oedekoven verständigte dann die Beueler Polizeiwache. Beide, Frau Kappes und Herr Oedekoven, wurden vorläufig vernommen. Sie kommen zwar theoretisch als Täter in Frage, aber ein besonderer Verdacht besteht - zumindest bis jetzt - nicht.

»Der Hund«, warf Susanne Brentano ein.

»Ok«, fuhr Mahlmann fort. »Frau Kappes sagt aus, daß neben der

Leiche ein schwerverletzter Hund, ein Rauhhaardackel, gelegen hatte. Frau Kappes hatte den Hund aufgenommen und in ihrer Wohnung notdürftig versorgt.«

»Susanne?« sagte Hartung und schaute sie mit einem kleinen Lächeln an.

»Ich habe die Frau direkt nach unserem Eintreffen vernommen. Es hat sie erschreckt, einen Toten zu finden. Sie machte aber einen ruhigen und gefaßten Eindruck. Sie hat sich um den Hund gekümmert. Sicher, sie hätte das Tier liegenlassen sollen. Aber sie hat wohl plötzlich Tierliebe in sich entdeckt. Ich habe die Frau und den Hund zu einem Tierarzt gebracht, der hat das Tier notdürftig zusammengeflickt. Interessanter ist wohl, daß Frau Kappes einmal, wenn es auch schon Jahre her ist, bei Kaiser geputzt hat. Kaiser wollte nur wenig bezahlen, da hat die Frau die Stelle aufgegeben. - Das dürfte aber wohl kaum ein Motiv hergeben, den Mann umzubringen. Ich traue der Frau auch nicht die Kraft zu, den Klebestreifenabroller mit Wucht auf Kaisers Kopf zu schlagen.«

»Das ist ja noch nicht viel, was wir haben«, zog Hartung Bilanz. Er lehnte sich an seinen Schreibtisch und kaute für eine Nachdenkpause auf seiner Unterlippe.

»Ich denke, wir werden uns bei den Ermittlungen auf drei Bereiche konzentrieren: Welche Kontakte hatte Kaiser im Privatleben? Da wissen wir eigentlich noch gar nichts. Was machte Kaiser beruflich? Mit welchen Personen hatte er es da in der letzten Zeit zu tun? Hat es da Konflikte, Auseinandersetzungen gegeben? Und drittens müssen wir noch einmal mit den Hausbewohnern, vielleicht auch mit Nachbarn der Straße, reden. - Ich selbst werde mit Frau Kappes sprechen. Vielleicht hat sie etwas Besonderes beobachtet. Alte Damen sind neugierig, leider auch vergeßlich. Mahlmann, Sie sprechen mit den anderen Hausbewohnern. Und Sie, Feldmann, kümmern sich um das Privatleben von Kaiser. Befragen Sie den Vermieter und die Nachbarn der Wohnung in Vilich-Müldorf. Um die Geschäftsbeziehungen werde ich mich kümmern. Es ist zu hoffen, daß sich in Kaisers Büro entsprechende Hinweise finden lassen. Schließlich werden wir eine Durchsuchung der Privatwohnung vornehmen. Das kann sehr schnell geschehen, je nach dem, wie wir weiterkommen. Ich werde die Staatsanwaltschaft über den Stand der Dinge und unser Vorgehen informieren. Bitte haltet mich alle auf dem Laufenden.«

24.

Ich bin op dr Hond jekomme

Paula saß noch eine Weile nachdenklich am Küchentisch. Ihr ging durch den Kopf, was sie mit Oedekoven besprochen hatte. Ist ja irgendwie nett, daß der sich so um sie kümmert. Oder hatte der etwa noch Hintergedanken? Das ist schon ein seltsames Paar, er und seine fünfzehn Jahre jüngere Frau Henriette. Sie donnerte sich immer auf wie ein Zirkuspferd. Die Haare fussisch oder blond gefärbt, zu einem komischen Gebilde aufgetürmt, daß man sich wundert, daß es überhaupt hält und nicht beim kleinsten Windzug zusammenfällt. Sie zieht immer Sachen an, als wenn sie dreißig Jahre jünger als ihr Mann wäre. Kurze Fummel, hochhackige Schuhe, wildgemusterte Strümpfe. Wenn sie die Treppe hinaufstolziert, kann man den halben Hintern sehen. Na ja, Gefallen macht schön. Und vielleicht gefällt es Oedekoven. Oder will sie den mit ihrem Autfitt ärgern, oder gar andere Männer scharf machen? Manchmal war die Henriette Oedekoven schnippisch zu ihr, machte eine hämische Bemerkung, wenn sie sich im Hausflur trafen oder bekam nicht mal den Mund zu einem Gruß auf. Ob die eine glückliche Ehe haben?

Aber dann dachte Paula wieder an den toten Kaiser. Wer mochte ihn getötet haben? Waren es vielleicht die beiden jungen Männer, die sie vergangene Nacht aus dem Haus hatte kommen sehen? Hatte sie wirklich einen Knall gehört? Oder hatte sie sich den nur eingebildet? Nur geträumt? Da fiel Paula ein, daß sie vor Tagen die Henriette Oedekoven aus dem Büro von Kaiser hätte kommen sehen. War vielleicht nicht uninteressant. Sollte sie Oedekoven mal drauf ansprechen. Wenn sie daran dachte.

Paula fiel es in der letzten Zeit immer schwerer, sich zu konzentrieren. Sie war ja auch nicht mehr die Jüngste, hatte die sechzig hinter sich. Die Arbeit in der Wäscherei Miebes hatte sie schon vor Jahren aufgeben müssen. Sie konnte nicht mehr stundenlang auf den Beinen sein, da machte der Rücken nicht mehr mit. Auch wenn es mehr und mehr hilfreiche Maschinen gab, so war das doch Arbeit für gesunde junge Frauen. Was mochte das vor hundert Jahren für die Beueler Waschweiber eine anstrengende Arbeit gewesen sein. Die schwere, nasse Wäsche, die scharfen Waschmittel, die die Haut weich und krank machten, die gebeugte Arbeitshaltung, der Wechsel aus den schmuddeligheißen Waschräumen in die stickigtrockene Luft der Bügelräume und nach dem herbeigesehnten Arbeitsende hinaus an die frische Außenluft, besonders zur schlechen Jahreszeit in Kälte oder gar Wind und Sturm. Viele der Frauen wurden ihre Erkältungen - und das auch im Sommer - überhaupt nicht mehr los. Die Arbeit mit der weißen Wäsche war mindestens genau so anstrengend wie die Arbeit von Bergarbeitern mit der schwarzen Kohle untertage. Das bißchen Weiberfastnacht, was war das schon für ein jämmerlich mieser Ausgleich für das Fegefeuer der täglichen Arbeit? Das bißchen Rente von ihrem Friederich war nicht genug, um zu überleben. Und da sie nichts außer Haushalten gelernt hatte, blieb ihr nur die Wäscherei. Die Ärzte hatten sie endlich nach vielen Hürden arbeitsunfähig geschrieben. Nun hatte sie mit ihrer eigenen Rente gerade genug zum Leben. Und da sie keine großen Ansprüche stellte, kam sie einigermaßen zurecht.

Warum dachte sie ausgerechnet jetzt über ihre Vergangenheit nach? So schön war das eigentlich nicht, sich gerade daran zu erinnern.

Was mochte der Kaiser für ein Leben gehabt haben? Viel wußte sie nicht von ihm. Er war ein verschlossener Mann gewesen. Sie wußte nicht einmal, wo er geboren worden war. Er sprach Hochdeutsch, und Paula war nicht gerade diejenige, die eine mundartliche Färbung der Sprache herauszuhören verstand. Gab es da eine Frau in seinem Leben? Hier und da kam mal eine Mitvierzigerin, künstlich erblondet, gut und teuer gekleidet. Modische Brille auf der Nase. Kaiser und sie begrüßten sich mit Küßchen links, Küßchen rechts. Irgendwie ein Getue. Paula nahm es zufällig wahr, ein, zwei mal, als sie bei Kaiser putzte, über dem Wassereimer gebeugt, den Aufnehmer auswringend. Dann waren sie schnell in einem Privatraum verschwunden. Von hier hörte Paula, wenn sie auch noch so lauschte, nur ein leises Gemurmel. Kaiser hatte ihr ausdrücklich untersagt, dieses Zimmer zu betreten, sie brauchte es auch nicht sauber machen. Blöd, daß sie nicht heute morgen einen Blick in dieses Zimmer geworfen hatte. Manchmal war sie schon neugierig gewesen, damals, als sie noch für Kaiser putzte. Hatte er es gemerkt?

Aber was machte sie sich Gedanken über Kaiser? Der war tot, und den holte keiner mehr ins Leben zurück. Was sollte sie sich da Gedanken machen?

Für sie ging das Leben weiter. Sie mußte sich um den Hund kümmern und bückte sich zu ihm hinunter. Leicht hob Friederich den Kopf. Ob es ihm vielleicht schon etwas besser ging? Sie mußte ihm was zu essen machen. Was fraß nur so ein Hund? Sie hatte doch noch nie ein Tier gehabt. Sie könnte Frieda anrufen, die wußte sowieso immer alles besser; ihr armer Mann, das Jösefchen. Es gibt doch Fertignahrung für Hunde, im Fernsehen kam andauernd so eine Reklame. Die gab es bestimmt im Supermarkt im Brückenforum. Also beschloß Paula einkaufen zu gehen. Schnell zog sie den Mantel an, griff das Einkaufsnetz und sagte zu Friederich: »Bleib schön liegen, Frauchen ist gleich wieder da.«

Paula schüttelte den Kopf, nun sagte sie auch noch Frauchen zu sich selbst! Sie mochte das Getue einiger Hundebesitzer überhaupt nicht. Ein Tier bleibt ein Tier und ein Hund ein Hund. Diese blöde Vermenschlichung. Frauchen! Schlimm!

An der Tür zu Kaisers Büro klebte ein Siegel. Waren die von der Spurensicherung schon fertig mit ihrer Arbeit? Vielleicht wurde das Haus von der Polizei beobachtet, aber Paula konnte niemanden entdecken.

Zuerst hob sie neues Geld von der Sparkasse ab und ging dann zum Supermarkt im Brückenforum. Natürlich, es war ja nicht zu vermeiden! Am Eingang traf Paula eine ihrer Freundinnen, Emma Hambach. Emma war Obermöhn beim Karnevalsverein *Beueler Waschweiber*. Eine etwas beleibte Dame, die alles mit ihrer rheinischen Frohnatur erdrückte. Paula war seit Jahren Mitglied, wenn sie auch in den letzten Zeit keine besondere Lust mehr hatte.

»Ach Jott noch! Et Paula Kappes! Dat et dich noch jitt! Schön, dat ich dich noch ens senn! Küss de och nächste Woch op de Sitzung? Et is bestimmb widde schwer jet loss! Wat mähste dann für e Jeseech?!« strömte es in einem Schwall aus Emma Hambachs Mund.

»Du häss joht laache! - un bei uns im Huus hann se ehne ömjebraht!« kam es von Paulas Lippen, und sie schaute sauertöpfig.

»Nu sarens, datt kann doch net wohr senn?!« schüttelte Emma den Kopf, ein Mord paßte nicht in ihr Weltbild. »Saache jitt et! Wat is dat nur für en Welt«, schüttelte sie immer noch den Kopf. Aber dann war sie gleich wieder obenauf: »Kumm, Paula! Loß dr Dätz net hänge! Denk an jet angeres! Mach bei uns met! Un dat Hetz jeht dir widde op!«

Nun lächelte Paula ein wenig. Emma hatte ja recht. Was sollte sie sich verrückt machen? Was ging sie der tote Kaiser an?

»Stell dir ens vür, ich bin op dr Hond jekomme!« erweiterte Paula das Thema, und sie erzählte von dem Rauhhaardackel namens Friederich.

»Dat sitt dir widde ähnlich, der Hond Friederich ze nenne!« lachte Emma, »dann koof en Doos Schlappi, un der Friederich frißt dir us der Hand!« verabschiedete sich Emma. »Un verjeß net, nächste Woch is Sitzung. Och du bis en Beueler Waschweib!«

»Ens luere«, legte sich Paula noch nicht fest und verschwand im Supermarkt. Nachdem sie ihr Hundefutter gekauft hatte, ging sie zur Buchhandlung, um ein Buch über Hunde im allgemeinen und Rauhhaardackel im besonderen zu kaufen.

25.

Immer met der Jeduld!

Gerade als Paula ihr Wohnungstür öffnete, klingelte das Telefon.

»Jo, jo! Immer met der Jeduld!« sagte Paula laut und brachte erst einmal ihr Einkaufsnetz in die Küche. Der Hund gab ein winziges Bellen und ein kleines Schwanzwedeln von sich. Das Telefon verstummte, um nach wenigen Augenblicken erneut loszulegen.

Paula meldete sich. »Ach, Sie sin et«, sagte sie, »juht kommen Se heut nachmittag um drei.« Sie legte wieder auf. Hätte sie sich doch denken können, daß die Polizei nicht lockerlassen würde. Naja, sie hatte nichts zu verheimlichen, sollten sie nur kommen. Jetzt mußte sie sich erst einmal um Friederich kümmern. Sollte sie ihn nicht der einfachheithalber Fritz nennen? Mal sehen. Kaiser hatte den Hund noch nicht lange, Paula hatte ihn erst ein-, zweimal gesehen und wußte nicht, wie Kaiser den Hund nannte. Früher hatte schon mal dieses Weib den Kaiser besucht. Die hatte einen weißen Pudel. So ein affiges Vieh, das nach Parfüm stank, an ner golden Leine hing und nervös hin und her tippelte, entweder vor Geziertheit oder weil es pinkeln mußte, und die Gnäfrau es nicht zuließ. Armer Hund. Wirklich, armer Hund!

Paula machte eine Dose Hundefutter auf, tat mit einem Löffel etwas in eine Plastikschale und stellte sie Fritz, wie sie den Hund nun nennen wollte, vor die Nase. Der schaute Paula wehleidig und mitleidheischend an, schnupperte kurz an dem Dosenfutter, verzog die Lefzen und legte den Kopf wieder hin.

»Armer Hund«, sagte Paula, »aber ich hab das Gefühl, daß du dich anstellst. Wenn dir das nicht gut genug ist, mußt du eben hungern.«

Dann machte sie sich selbst was zu essen; heute nur eine Kleinigkeit: Pellkartoffeln mit Quark und legte sich anschließend zu einem kleinen Mittagsschläfchen hin. Die Frau Brentano von der Kriminalpolizei wollte am Nachmittag noch einmal mit ihr sprechen.

Aber kaum, daß sie lag, ertönte die Wohnungsklingel. Verdammt, laß mich in Ruh! Ich will nicht gestört werden! sagte sich Paula und steckte den Kopf unter die Bettdecke, denn zum Mittagsschläfchen verzog sie sich am liebsten ins Bett. Doch die Wohnungsklingel gab keine Ruhe. Endlich rappelte sich Paula auf, zog sich den Morgenmantel an und schlurfte zur Wohnungstür.

Es war Albert Oedekoven.

»Verzeihung. Habe ich Sie gestört? Wenn Sie Zeit haben, können wir das mit dem toten Kaiser weiter bereden.«

»Ich hab mich grad wat hingelegt. Muß dat jetzt sein?« war Paula nun doch ein wenig ungehalten.

»Entschuldigen Sie, es muß nicht jetzt sein. Wir können ja später reden«, sagte Oedekoven. »Sie können mich anrufen. haben Sie meine Nummer?«

»Ja, ja. Mach ich«, sagte Paula und schloß die Tür vielleicht einen Deut zu heftig.

Warum will der Oedekoven nur andauernd mit mir reden? fragte sich Paula und legte sich wieder hin. Sie war müde, vielleicht spürte sie auch immer noch die Wirkung der Schnäpse. Bald schlief sie ein.

26.

Es ließ sich bestimmt machen

»Was wollen Sie?« fragte die üppige, falsche Blondine. Sie hatte eine hellblaue, dreiviertellange Stretchhose und einen knappsitzenden dunkelblauen Pulli an, die die wohlproportionierten Formen für das entsprechende Auge nur zu wirkungsvoll unterstrichen. An den nackten Füßen trug sie leichte Sandaletten mit dunkelblauen Riemchen. In der Stirn hatte sie ein dunkelblaues Band, das ihre Haare bändigte.

»Frau Elvira Pützenbach?« fragte Mahlmann, und er setzte sein erprobt scharmantes Lächeln auf.

Keine Antwort war für Elvira Pützenbach auch eine Antwort, sie schaute den Mann mit den seltsam lüsternen Augen skeptisch fragend an, und weil der Mann so unverschämt auf ihren Busen starrte, natürlich trug sie keinen BH, sowas hatte sie nicht nötig, verschränkte sie die Arme vor der Brust.

Mahlmann zog seinen Dienstausweis und hielt ihn Elvira Pützenbach unmittelbar vor die Nase, nicht ohne bei der Aufwärtsbewegung mit dem ausgestreckten kleinen Finger ihren Arm zu berühren. Der Busen wäre ihm lieber gewesen. Aber man kann ja nicht alles haben.

»Mein Name ist Mahlmann, Kriminalpolizei Bonn. Entschuldigen Sie die Störung - «, was Mahlmann durchaus nicht ernst meinte, »aber ich möchte Sie kurz sprechen. Es geht um Herrn Kaiser, den toten Herrn Kaiser, im Parterre, Sie wissen - «

Elvira Pützenbach entschränkte ihre Arme und griff mit einer Hand nach der Tür, um sie auf einen kleineren Spalt so zuzuziehen, daß ihre sehenswerte Figur fast verdeckt war. Mahlmann bedauerte das aus zweierlei Gründen. Zum einen war das ein leckeres Stück Frauenkörper, und zum anderen hatte er einen dienstlichen Auftrag. Er wollte schließlich nicht mit leeren Händen in die Dienststelle zu Hartung zurückkommen. Also nahm auch er eine Hand und schob die Tür wieder ganz behutsam auf.

»Aber, aber, gnädige Frau«, sagte er. »Ich muß Sie wirklich sprechen. Und vielleicht ist es besser, Sie lassen mich für einen Augenblick herein. Oder wollen Sie, daß die Nachbarn mithören? Natürlich haben Sie nichts zu verheimlichen. Sie machen ja einen durchaus sympathischen Eindruck - «

»Na gut«, gab Elvira Pützenbach auf. Ihr ging dieser sabbernde Bulle auf den Keks. Natürlich hatte sie bemerkt, daß der Kerl sie unverschämt mit den Augen eines Mannes angesehen hatte. Sie waren doch alle gleich. Sie stieß die Luft kurz aus der Lunge, trat einen Schritt zur Seite und sagte: »Kommen Sie rein. Ich hab nur nicht viel Zeit. Ich erwarte Besuch. Herrenbesuch, wenn Sie es genau wissen wollen.« Ein Grinsen zog über ihr Gesicht.

Mahlmann trat in den gedämpft beleuchteten Flur, leiser Kuschelrock erklang aus einem hinteren Raum, dessen Tür angelehnt war. Mahlmann schritt über einen tiefen, offenbar dunkelblauen Velourteppich. Die Frau steht wohl auf blau, dachte Mahlmann.

»Gehen Sie hinein«, sagte Frau Pützenbach.

Mahlmann betrat einen großen Wohnraum. Ihn überraschte die geschmackvolle Einrichtung. In einer Ecke stand eine moderne Sitzgruppe, naturfarbene Leinenpolster, offenbar italienisches Design. Ein Glastisch stand auf einem kleinen Orientteppich dazwischen. An einer Wand ein modernes, freischwebendes Sideboard in hellem Holzton, wohl auch etwas Italienisches. Darauf einige Fotos in Silberrahmen und ein paar größere, starkfarbene Glasvasen. Bestimmt aus Murano, dachte Mahlmann. Letzten Frühling war er mit einer Freundin in Venedig gewesen. Schade, daß das mit der Freundin schon wieder aus war. Sie hatte ziemlich was drauf. An einer anderen Wand ein großes Bücherregal mit einer Unmenge Bücher, einige Fächer waren aber freigeblieben, darin standen dekorative Dinge. An der Wand hinter der Sitzecke ein großes Bild im informellen abstrakten Stil. Vielleicht sogar ein Schumacher. Erstaunlich, erstaunlich, dachte Mahlmann, dersich für moderene Malerei interssierte. Er konnte ein anerkennendes Nicken nicht unterdrücken.

Elvira Pützenbach stand hinter ihm und sagte sarkastisch: »Sind Sie zu einer Wohnungsbesichtigung gekommen?«

»Entschuldigung«, lächelte Mahlmann. »Es gefällt mir, wie Sie eingerichtet sind.« Aber schon kam der Kriminalbeamte in ihm wieder zu seinem Recht, und er fügte hinzu: »Das muß eine Menge Geld gekostet haben. Womit verdienen Sie Ihre Brötchen? Nichts für ungut, wir haben mit dem Finanzamt nur in Ausnahmefällen zu tun.«

Elvira Pützenbach setzte sich in einen Sessel der Sitzgruppe, ohne

Mahlmann Platz anzubieten. Als sie saß und die Beine aufreizend übereinander geschlagen hatte, sagte sie: »Glauben Sie wirklich, daß Sie das was angeht?«

Mahlmann lächelte, setzte sich unaufgefordert auf die breite Couch und sagte: »Gehe ich recht in der Annahme, daß Sie keiner geregelten Arbeit - mit Steuerkarte, Versicherungsnachweis und so - nachgehen? - Ich trinke im übrigen gern einen trockenen Martini. Olive muß nicht sein.«

Elvira überhörte den Getränkewunsch. Und da sie ein taffes Mädchen war, hatte sie durchaus gemerkt, daß sie der Bulle - na ja, so als Mannsbild machte er ohne Zweifel etwas daher - aufs Glatteis hatte führen wollen.

»Ich denke, das geht Sie alles nichts an«, sagte sie und setzte ihr herausforderndes Lächeln auf.

»Na, lassen wir das«, lächelte Mahlmann seinerseits *(wird das hier ein Lächelduell?!)* und fragte unvermittelt hinterher: »Wer war denn diese Nacht bei Ihnen?«

Mit einem Schlag verschwand das Lächeln aus Elvira Pützenbachs Gesicht. Sie wechselte den Beinüberschlag und tat so, als suche sie eine bequemere Sitzposition.

Sieh da, dachte Mahlmann, sie sucht nach einer Antwort. Sie brauchte wohl noch etwas länger dafür, denn sie nahm eine Zigarettenschachtel und ein Feuerzeug vom Glastisch, steckte sich umständlich eine Zigarette in den Mund und zündete sie an. Heute war Mahlmann kein Kavalier, also ließ er es, ihr Feuer zu geben. Ist sowieso ein blödes Spielchen.

»War meine Frage zu schwierig?« fragte Mahlmann süffisant.

»Ich denke, meine Besucher gehen Sie einen feuchten Dreck an«, sagte die Frau wenig wählerisch und blies eine Tabakwolke in seine Richtung.

Mahlmann stand auf.

»Ach, wissen Sie, Frau Pützenbach, es ist mir egal, wenn Sie mit Beinebreitmachen Ihr Geld verdienen. Aber letzte Nacht hatten Sie Herrenbesuch. Und da in diesem Haus ein Mann umgebracht wurde, hat die Polizei ein verständliches Interesse für Jeden, der sich in der fraglichen Zeit hier aufgehalten hat. Sie benutzen ein schönes Parfüm, gratuliere Ihrem Geschmack, ich kenne es, eine meiner Freundinnen hat es auch benutzt. Ich habe es gleich an Ihnen gerochen. Die Tatsache ist nicht ganz uninteressant. Nicht etwa, daß ich es erkenne, sondern, daß Sie es benutzen! Und wenn Sie mir nicht sofort den Namen Ihres Besuchers nennen, werde ich Sie auf der Stelle ins Polizeipräsidium bringen. Mit allem Tatütata.«

»Setzen Sie sich«, sagte Elvira Pützenbach erstaunlicherweise. »Wollen Sie jetzt noch Ihren Martini, ich habe sogar Oliven im Haus.«

Mahlmann blieb stehen: »Kein Martini. Keine Olive. Wie ist der Name?«

»Aber ich brauche jetzt was zu trinken«, sagte die Frau, erhob sich und ging zu einem Servierwagen, auf dem verschiedene Flaschen und Gläser standen. Sie nahm ein Glas und goß sich zwei Finger breit Gin ein. Sie setzte sich wieder hin, trank.

»Wissen Sie, wahrscheinlich bekommen Sie es sowieso heraus. Mein Freund heißt Carolus B. Hillenkamp. Er wohnt in Hangelar Niederberg. Aber sagen Sie seiner Frau nichts von mir. Darum mein Zögern, verstehen Sie doch. Er hat mir diese Wohnung eingerichtet. Er ist regelmäßig hier. Auch in dieser Nacht. Ich mag ihn wirklich.«

Ihre letzte Bemerkung wirkte auf Mahlmann so, also wolle sie sich für den Luxus, den sie genoß, entschuldigen.

»Die genaue Anschrift?« hakte Mahlmann nach.

»Weiß ich nicht. War noch nie da. Schauen Sie ins Telefonbuch«, sagte sie.

»Ihr Freund fährt einen silbergrauen Mercedes?«

Die Frau nickte.

»Wir waren die ganze Nacht über zusammen«, sagte sie nach einer Weile, obwohl Mahlmann gar nicht danach gefragt hatte. Vorschnelle Antworten sind manchmal doppelte Antworten, dachte Mahlmann. In seinem Kopf jedenfalls notierte er die Frage: War dieser Hillenkamp die ganze Nacht über mit Elivra Pützenbach zusammen gewesen?

Mahlmann ging zur Zimmertür, als er schon im Flur war, fragte er: »Sie verstehen sich mit Ihren Hausnachbarn? Was halten Sie überhaupt von Frau Kappes?«

»Das ist ein altes Waschweib, das die Nase in anderleuts Angelegenheiten steckt. Ein schlimmes Weib. Ich hoffe, ich werde nicht eines Tages auch mal so«, erklang es hinter Mahlmanns Rücken.

»Vielleicht müssen wir noch einmal mit Ihnen reden. Bitte halten Sie sich zu unserer Verfügung. Also keine Reisen und so. Sie verstehen. Ich komme allein raus. Danke für Ihre Auskunft. Wenn es geht, werden wir Ärger für Sie vermeiden.«

Elvira Pützenbach war ihm gefolgt. Mahlmann drehte sich herum, grinste und schaute die Frau noch einmal langsam von Kopf bis zum Fuß an. Sie sollte sehen, daß er sie mit den Augen auszog. Mit dir möchte ich auch mal, dachte Mahlmann, lächelte und verließ ohne Gruß die Wohnung. Er nahm sich vor, diese Frau noch einmal aufzusuchen, wenn es sich machen ließ. Es ließ sich bestimmt machen.

Und als Mahlmann hinaus ins Treppenhaus trat, ging ihm durch den Kopf, wie wenig sich die Frau für den toten Kaiser interessiert hatte. Sie hatte sich nicht dazu geäußert. Normal wäre doch gewesen, wenn sie zumindest gesagt hätte: Das tut mir leid mit dem Mann. Sachen, die nicht ausgesprochen werden, haben manchmal viel zu sagen.

Mahlmann war mit dem Gespräch durchaus zufrieden. Und auch sonst war er irgendwie auf seine Kosten gekommen.

27.

Möchten Sie das Parfüm haben?

Paula hatte geschlafen und fühlte sich erfrischt. Sie faulenzte noch ein wenig und schaute an die Decke ihres Schlafzimmers. Sie mußte sich mal ne neue Lampe anschaffen, die flache Glasschale war bestimmt schon dreißig Jahre alt. Friederich hatte damals schon gelästert: Das Ding sieht wie eine große Puddingschüssel aus. Na ja, nachts sah sie die Lampe nicht. Und eine neue kostete Geld. Geld. Den Kaiser hatte jemand umgebracht. Das stand ja wohl fest. Aber warum? War es um Geld gegangen? Gleich werden die von der Kriminalpolizei kommen. Hoffentlich ist das nun das letzte Mal. Es wurde ihr langsam lästig. Andererseits, das war ja auch irgendwie spannend, wie so`n Krimi im Fernsehen. Man wollte doch rauskriegen, wer der Täter war. Wer hatte Kaiser umgebracht? Wie hieß der nur mit Vornamen? Richtig, Eberhard, erinnerte sich Paula.

Als die Wohnungsklingel läutete, wurde sie ein wenig aufgeschreckt. Das war die Kriminalpolizei.

Paula erhob sich, zog ihren Morgenmantel an, fuhr sich mit den gespreizten Fingern durch die Haare und ging an die Wohnungstür. Sie öffnete. Da stand die Frau von heute morgen, ach ja, Brentano heißt die, erinnerte sich Paula; und dann noch ein Mann, der war heute morgen auch schon mal in ihrer Wohnung gewesen. Seinen Namen hatte sie vergessen.

»Dürfen wir hineinkommen?« fragte die Frau.

Paula nickte und hielt die Tür auf: »Gehen Sie ins Wohnzimmer, geradeaus durch den Flur.«

Kriminalhauptkommissar Hartung und Kriminalinspektorin Brentano gingen ins Wohnzimmer und blieben am Eingang stehen.

»Nehmen Sie doch Platz«, sagte Paula und wies auf Polstercouch und Polstersessel. »Wollen Sie was trinken?« fragte Paula Kappes.

»Nein, danke, wir wollen nicht länger als nötig stören«, sagte Susanne Brentano.

Der Mann und die Frau setzten sich nebeneinander auf die Couch, Paula in einen Sessel. »Wat wollen Se denn wissen«, fragte Paula. Es war ihr egal, daß sie noch den Morgenmantel anhatte. Ner alten Frau kann man schon mal was verzeihen. »Wie war doch noch Ihr Name, den hab ich vergessen?« fragte Paula und schaute Hartung an. Der nannte seinen Namen lächelnd und begann gleich mit einer Frage: »Frau Kappes, es sieht so aus, als wenn der Immobilienhändler Kaiser, sozusagen Ihr Wohnungsnachbar, einem Gewaltverbrechen zum Opfer gefallen ist. Selbstmord jedenfalls schließen wir aus. Jemand hat Kaiser getötet, vielleicht können Sie helfen, den Täter zu finden. Können Sie uns bitte noch einmal genau schildern, wie Sie heute morgen Herrn Kaiser gefunden haben?«

»Ich hab das doch schon mal alles erzählt«, erwiderte Paula Kappes unwillig und schaute Susanne Brentano mit einem schiefen Blick an. Doch die lächelte aufmunternd.

»Also gut«, sagte Paula, setzte sich gerade und zog den Morgenmantel über ihre knochigen Knie, »erzähl ich dat alles noch einmal.«

Für sie war es nichts Neues, was sie zu berichten hatte. Brentano aber machte sich ausführlich Notizen.

Dann hakte Hartung nach: »Und als Sie in die Räume von Kaiser kamen, ist Ihnen da nichts Ungewöhnliches aufgefallen?«

»Ich war morjens noch nie da drin. Wie soll ich wissen, wat da ungewöhnlich war? Etwa, dat dat Radio lief? Ungewöhnlich war doch, dat der Kaiser da lag, leblos, und der jammernde Hund direkt daneben.«

»Sie haben recht, ich habe dumm gefragt«, lächelte Hartung.

»Aber vielleicht haben Sie doch etwas bemerkt, was für uns wichtig sein könnte?« warf Susanne Brentano ein.

Paula dachte eine Weile nach und schaute hinaus aus dem Fenster.

»Da war wirklich ein Geruch, ein Duft«, sagte sie zögernd. »Erst jetzt wird et mir bewußt. - Et roch nach nem Parfüm, ziemlich stark. Aber dann hab ich den Kaiser und den Hund aufem Boden liejensehen. - Ja, wirklich, da war ne Parfümjeruch.«

»War das ein Damen- oder Herrenparfüm?« fragte Susanne Brentano.

»Et war ziemlich süßlich, schwer. Wohl mehr en Damenparfüm«, meinte Paula.

»Sie haben doch früher einmal für Kaiser gearbeitet. Hat es da schon einmal so gerochen? Vielleicht gar eine bestimmte Person?«

Paula zögerte.

»Ich versuch, mich zu erinnern. Dat ist mit Düften so was. Ich nehm 4711, dat genügt mir«, sagte Paula. »Da war manchmal ne Blondine bei Kaiser, eine hochnäsige, aufgetakelte. Mit nem weißen Pudel. Vielleicht hat die so jerochen. Vielleicht. Könnt ja sein. Ich bin mir nicht sicher. Ist ja auch schon zwei, drei Jahre her, dat ich da jeputzt habe. Immer nur abends. Aber es war mir dann zu wenig, was mir der Kaiser jab. Wir haben drüber jestritten. Er hat blöde Bemerkungen gemacht, ich sollt mich als Waschfrau mal nicht so haben. Da hab ich ihm die Meinung gegeigt und den Kram geschmissen. Für die paar Mark laß ich mich nicht auch noch beleidigen.«

»Können Sie die Frau ein bißchen genauer beschreiben, und wann haben Sie die Frau hier gesehen?« wollte Hartung wissen.

»Et ist ja schon fast drei Jahre her. Ich muß nachdenken. Die Frau war etwa so groß wie Sie, Frau Brentano. Vielleicht wat fülliger. Die Haare janz hellblond, bestimmt Wasserstoffsuperoxyd. Ne modische Brille auf der Nase. Mit so eckigen, farbigen Bügeln, eckigen Gläsern, hellblau getönt. Hab sie vielleicht zwei-, dreimal jesehen. Hatte immer ein hellblaues Kostüm an. Janz kurzer Rock. Schicke Beine hatte sie, wenn ich da an mein Krampfaderjestelle denke. Hatte immer nen Pudel bei sich, an ner joldenen Hundeleine, war wohl mehr ne Kette. Püppi hat sie dat Viech jenannt. So wat affiges. Mal hab ich dem Köter nen Tritt in den Hintern jejeben, als sie nicht dabei war. Er hat gejault wie ne Nonne, die grad vergewaltigt wird - oder auch nicht. Nichts für ungut. Aber sie war nicht aus seinem Zimmer rausjekommen. Vielleicht waren se beschäftigt. Wat jeht mich dat an? In dat Zimmer hab ich übrigens nie hineinjedurft. Langsam werd ich richtig neugierig«, lächelte Paula.

»Das ist wie ein Wohnzimmer mit einer Schlafgelegenheit eingerichtet«, befriedigte Susanne Brentano Paulas Neugier. Die bekam gar nicht mit, daß die beiden sich da auf dem Sofa mit den Beinen sanft berührten. Noch wußte Paula nicht, daß die beiden ein Paar waren.

»Kennen Sie jemand aus dem Bekanntenkreis von Kaiser?« fragte Hartung.

»Da sind einige Leute ein und aus jejangen«, sagte Paula. »Sie wurden mir nicht vorgestellt, und ich hab mich nicht drum gekümmert. Ich weiß auch nicht, ob der Kaiser Verwandte hatte. Hat mich nicht interessiert.«

Paula zögerte, dann sagte sie: »Ich weiß ja nicht, wat für Jeschäfte der Kaiser jemacht hat. Immobilien, das hat doch wat mit Häusern zu tun. Und ein Makler, der vermittelt Jeschäfte. Ich kann mich da nicht so richtig ausdrücken. Ich stell mir vor, dat ein Makler Interessenten Häuser zeigt, also dauernd unterwegs ist. Aber der Kaiser, ich weiß noch nicht mal, ob der ein Auto hatte. Meistens fuhr er mit nem Fahrrad rum. Fand ich schon komisch. Und dann, in der letzten Zeit, da waren immer junge Leute bei ihm. Sahen ziemlich abjerissen aus, irjendwie verjammelt. Wenn ich die im Flur sah, bin ich schnell in meine Wohnung. Dat waren Typen, mit denen ich nichts zu tun haben wollte.«

Paula zögerte.

»Jetzt fällt mir wat ein. Hätte ich wahrscheinlich schon längst sagen sollen. Aber ich bin ne alte, vergeßliche Frau. Diese Nacht bin ich ausem Schlaf aufjeschreckt. Mir war, als hätte ich einen Schuß jehört. War mir aber dann nicht mehr so sicher. Ich hab im Flur Geräusche jehört. Ich bin ant Fenster und hab hinausjesehen. Da kamen zwei junge Männer aus der Haustür. Et war ziemlich dunkel draußen, außer der Straßenlaterne jab es kein Licht. Ich bin mir nicht so sicher. Irgendwie kamen die mir bekannt vor. Ich jlaub, ich habe se vor ein paar Tagen im Flur jesehen. Se jingen zu Kaiser hinein. Oder kamen se aus dem Büro? - Sehen Sie, so verjeßlich bin ich.«

»Können Sie die jungen Männer beschreiben? Wie alt waren sie?« fragte Susanne Brentano und machte sich Notizen.

»Muß ich nachdenken. Wer merkt sich schon sowas? - Also, sie hatten beide blaue, fleckige Jeans an. Einer hatte nen großen Flicken aufem Hintern; der den draufjemacht hatte, verstand nichts vom Schneidern. Der eine hatte nen weiten Pullover an, grobe Wolle, wie selbstjestrickt. Am Hals ein Tuch mit nem blauweißem Muster. Lange Haare hatten se beide. Farbe? Jetzt erinnere ich mich: Einer hatte die Haare knallrot jefärbt. Der eine hatte ne Lederjacke an, die sah wie neu aus, schwarzes Leder, jlänzend. Jetzt weiß ich et wieder. Damals hab ich jedacht, die hat der bestimmt geklaut, die paßte irjendwie nicht zu dem.«

Paula hielt einen Moment inne.

»Das haben Sie doch prima beobachtet«, sagte Hartung freundlich, mit alten Damen muß man Geduld haben. »Wie alt waren denn die beiden Männer?«

Paula zuckte die Schultern: »Ich kann sowat schlecht schätzen. Vielleicht Mitte zwanzig oder so.«

»Und diese Männer kamen möglicherweise in der letzten Nacht auch aus dem Haus?«

Paula nickte.

Nach einer Weile fragte Hartung, es war ein Schuß ins Blaue: »Kam sonst noch wer diese Nacht aus dem Haus?«

Nach einer Weile sagte Paula: »Ach ja. Da war so ein vornehm jekleideter, älterer Herr. Der kam jestern abend und ging heute morjen, als ich aufstand. Er war bei der Pützenbach.«

Hartung erinnerte sich an den Bericht, den Mahlmann von seinem Gespräch mit Frau Pützenbach angefertigt hatte.

Paula kniff den Mund zu einem bitteren Grinsen zusammen: »Die Elvira Pützenbach, dat ist ein Flittchen. Hat jede Menge Männer. Würd mich nicht wundern, wenn die bezahlen. Se wissen schon, wofür. Der ältere Herr kommt einmal die Woche. Fragen Sie doch die Pützenbach.«

»Danke für den Hinweis«, lächelte Hartung und stand auf, und auch Brentano erhob sich.

»Es war wichtig für uns, mit Ihnen zu sprechen. Vielleicht müssen wir Sie noch einmal belästigen«, sagte der Kommissar.

»Das Parfüm«, fiel ihm Brentano ins Wort. Sie konnte sich das erlauben, er lächelte, »mich interessiert einfach, welches Parfüm es war, das Sie bei Kaiser gerochen haben, gewissermaßen auch als Frau. Ich habe da einen Vorschlag. Würde es Ihnen etwas ausmachen, mit mir eine Parfümerie zu besuchen, um ein paar Geruchtests zu machen? Vielleicht bekommen wir so die Parfümmarke heraus.«

Hartung lächelte. Die Frauen. Die haben schon Ideen!

»Dann macht mal schön, ich hab in Beuel noch was zu erledigen.« Er verabschiedete sich von Paula Kappes, und legte Susanne Brentano die Hand kurz auf die Schulter. Er ließ die beiden allein.

»Wenn es Ihnen nichts ausmacht, fahren wir sofort«, lächelte Brentano.

»Wenn et sein muß«, sagte Paula, »ich zieh mir nur eben wat an.«

Susanne Brentano schaute noch einmal nach dem Hund, der schlief. Dann verließen beide die Wohnung.

Paula und die Beamtin betraten den Kosmetiktempel in der Sternstraße in Bonn. Eine schickgekleidete junge Dame in perfektem Makeup trat auf sie zu und fragte: »Guten Tag, was kann ich für Sie tun?«

»Wir suchen ein Parfüm. Genauer gesagt, wir versuchen ein bestimmtes Parfüm wiederzuerkennen. Können Sie uns da helfen?« fragte Brentano.

»Dann kommen Sie doch einmal mit«, sagte die junge Dame freundlich, wenn ihr Lächeln auch ein wenig so wirkte, wie das einer Reklamepuppe.

Sie traten an einen gläsernen Tresen.

»Können Sie das Parfüm ein wenig beschreiben? War es fruchtig leicht oder mehr schwer?« fragte die junge Dame.

»Ich meine, es war etwas süßlich, aber schwer, irgendwie damenhaft«, meinte Paula.

»Dann wollen wir einmal sehen.«

Die junge Dame holte mehrere Testflakons und besprühte jeweils einen schmalen Kartonstreifen. Sie hielt die Streifen Paula einzelnd hin.

Paula ließ sich Zeit, schnüffelte, verzog den Mund, zuckte die Achseln, schüttelte den Kopf.

Als sie fünf Proben durch hatte, sagte die junge Dame, deren Lächeln immer geringer wurde: »Machen Sie jetzt am besten ein kleine Pause. Sonst können Sie bald gar nichts mehr unterscheiden. Wir kennen das. Gehen Sie einfach mal vor die Tür, atmen Sie tief durch, und kommen Sie wieder.«

Paula schaute die Beamtin fragend an, diese nickte lächelnd.

Paula ging hinaus und kam nach wenigen Minuten wieder.

»Auf ein Neues«, sagte sie tapfer, obwohl sie schon längst keine Lust mehr hatte an diesem Spiel.

Aber als sie jetzt am zweiten Teststreifen schnüffelte, sagte sie: »Halt, dat könnte et sein! Lassen Sie mir wat Zeit, ja?!«

Paula schloß die Augen. Kann man im Dunkeln besser riechen, wie man dann auch besser hören kann?

Jetzt nickte Paula: »Ja, ich glaube, das ist es. Ich bin mir ziemlich sicher!«

Na, endlich hat die Alte was gefunden! dachte die junge Dame. »Möchten Sie das Parfüm haben?« fragte sie.

»Nein - «, schüttelte Paula den Kopf.

»Aber ja«, lächelte Susanne Brentano. »Wir kaufen das Parfüm. Als Eau de Parfum, bitte. Sagen Sie uns, wie heißt es?«

»Arpège - von Lanvin«, sagte die Verkäuferin.

Als Paula und die Beamtin wieder auf der Straße waren, sagte Paula: »Ich hätt das Parfüm nicht jekauft, ich hab für so wat kein Geld. Ich glaub auch nicht, dat dat zu mir paßt.«

»Dann brauche ich es selbst, und wir kaufen Ihnen was anderes!« lachte Susanne Brentano, und sie gingen erneut in die Parfümerie.

Die junge Dame trat wieder auf sie zu, und sie hatte wieder ihr Standardlächeln auf dem Gesicht: »Was kann ich noch für Sie tun?«

28.

Los, komm herein!

Bernie und Moha hatten die Frau, von der sie inzwischen wußten, wo sie wohnte und wie sie hieß, beobachtet. Paula Kappes, sie hatten über ihren Namen herumgealbert.

»Mensch, laß uns die Handtasche wegwerfen«, hatte Moha zuerst gesagt. »Das Geld ist doch auch schon was. Und was können wir mit dem Personalausweis und den Schlüsseln anfangen? Oder wir geben der Frau die Sachen zurück.«

»Du hast wohl den Moralischen?! Bei der Frau ist bestimmt noch mehr zu holen«, hatte Bernie entschieden.

Sie waren schon ein paarmal nach der Schule an dem Haus in der Rheinausstraße vorbeigeschlendert. Es hatte alles ganz normal und harmlos ausgesehen.

»Klingel doch mal, ob die Alte zu Hause ist«, hatte Moha vorgeschlagen.

Bernie wollte aber erst noch die Lage peilen.

Sie trödelten gerade auf der anderen Straßenseite herum, als zwei Frauen aus dem Haus kamen.

»Sieh mal da, die alte Frau«, sagte Bernie leise zu Moha, »das ist doch die vom Bötchen. Genau, das war ihre Handtasche!«

Bernie bückte sich und tat so, als müsse er sich die Turnschuhe zubinden, dabei beobachtete er die beiden Frauen. Die eine war etwas jünger, vielleicht dreißig, dachte Bernie. Jetzt stiegen beide Frauen in ein Auto - die junge Frau ans Lenkrad - und fuhren in Richtung Rheinbrücke davon.

Bernie ging gemächlich auf die andere Straßenseite zum Hauseingang, Moha folgte ihm.

»Jetzt werden wir uns mal die Wohnung ansehen«, grinste Bernie. Wenn es drauf ankam, hatte er mehr Schneid als Moha.

Bernie drückte auf die Klingel neben dem Schildchen *Kappes.*

Nichts tat sich.

Er klingelte noch einmal, ließ den Finger auf der Klingel.

»Da ist keiner in der Wohnung!« stellte Bernie fest.

Er zog den Schlüsselbund der Frau Kappes aus der Hosentasche und suchte den passenden Schlüssel für die Haustür. Nach zwei, drei Versuchen hatte er den richtigen. Schon standen beide im Hausflur. Es war niemand da.

Bernie ging zur rechten Parterretür. »Immobilien Kaiser - das ist es nicht«, sagte Bernie leise. Er ging zur gegenüberliegenden Wohnungstür. »Das ist es!« grinste er. Wieder suchte er nach dem richtigen Schlüssel. Gleich der erste paßte. Die Tür ging auf.

»Los, komm herein!« befahl Bernie.

29.

Eine ziemliche Scheiße, in die Sie da geraten sind!

Susane Brentano hatte Paula Kappes angeboten, sie mit dem Auto nach Hause zu bringen. Doch Paula hatte abgelehnt. Jetzt, wo sie einmal in der Bonner Innenstadt war, wollte sie einen kleinen Stadtbummel machen.

Paula bedankte sich für das Parfüm und die Beamtin dafür, daß Paula so hilfreich zur Verfügung gestanden hatte. Vielleicht hatte es mit dem Parfümgeruch in Kaisers Büro etwas auf sich. Wer weiß.

Sie ging ein paar Straßen, schaute sich die Schaufenster - meist von Bekleidungsgeschäften - an und stellte fest, daß die Sachen, die ihr gefielen, für sie oft zu teuer waren, und die preiswerten Dinge nicht ihrem Geschmack entsprachen. Sie steckte sowieso immer nur wenig Geld ein, da kam sie gar nicht erst in Versuchung. Ihr Friederich, der hatte immer sein Scheckheft dabei und kaufte drauf los. Und dann war am Monatsende das Konto überzogen. Wie oft hatten sie sich über Geld gestritten. Ach, wenn sie sich doch nur mit ihm streiten könnte! Ihren Friederich jetzt im Arm halten, durch die Straßen flanieren, sich in ein Café setzen und die Leute angucken. Für einen Moment überkam Paula eine Traurigkeit. Sie richtete sich auf, Brust raus! Und schritt schneller aus. Nur keine Sentimentalitäten! Am besten fuhr sie ganz schnell wieder heim.

Zu Fuß war ihr der Weg über die Brücke doch zu weit. Früher hatte ihr das nichts ausgemacht. Also mit der Straßenbahn vom Bertha-von-Suttner-Platz bis zum Konrad-Adenauer-Platz. Nur eine Station, was das kostete, da konnte sie sich ein Mittagessen für machen. Und bei Pellkartoffeln und Quark sogar zwei. Und dann mußte sie auch noch stehen, da der Berufsverkehr angefangen hatte. Früher waren die jungen Kerle mit einer höflichen Verbeugung aufgestanden. Nun blieben sie sitzen und grinsten frech. Und lachten, weil Paula sich nicht richtig festhalten konnte.

Mißmutig verließ Paula in Beuel die Bahn und ging den kurzen Weg zu ihrer Wohnung.

Zuerst hatte sie gar nicht gemerkt, daß die Wohnungstür nur ins Schloß gezogen war. Dann erinnerte sie sich, daß sie abgeschlossen hatte, wie immer zweimal. Komisch. Plötzlich klopfte ihr Herz wild. Sie bekam eine schlimme Ahnung.

Sie ging in den Flur. Das Erste, was ihr auffiel, war, daß das Telefon auf dem Boden lag. Die Schnur zur Wand war herausgerissen. Es waren Leute in der Wohnung gewesen! Oder waren sie vielleicht noch da? Paula bekam Angst. Sie wollte flüchten, aber sie war auch neugierig, sie mußte wissen, was geschehen war. Die Wohnzimmertür stand leicht angelehnt. Es war nichts zu hören. Nur ein Wimmern aus der Küche. Der Hund. Der Hund! Sie hatte ihn ganz vergessen. Sonst war nichts zu hören. Vorsichtig ging Paula durch den Flur, schob die Wohnzimmertür mit einem Fuß auf.

Da sah sie die Bescherung.

Es sah aus, als hätte eine Horde von Vandalen gehaust!

Die Schubladen des Wohnzimmerschrankes waren herausgezogen, wahllos auf den Boden geworfen, der Inhalt lag wüst auf dem Boden herum. An der Wand ein paar leere Flecken. Da hatten ein kleines Ölbild und ein, zwei teuere Porzellanteller gehangen. Meißen. Die Glastüren des Wohnzimmerschrankes standen offen, einiges war herausgeräumt.

Wut stieg in Paula auf, und laut rief sie: »Verdammte Scheiße!«

Dann ließ sie sich in einen Sessel fallen. Fiel wie ein Häufchen Elend zusammen, schüttelte den Kopf und begann zu weinen.

Da hörte sie ein leises Schlurfen. Sind die Einbrecher etwa noch in der Wohnung? Aber wer kam denn da? Es war Fritz, der Rauhhaardakkel. Er rutschte heran, zog ein Bein hinter sich her. Kam zu Paula. Legte seinen Kopf an ihr Bein, so als wolle er sie trösten. Paula streichelte seinen Kopf. Und sie faßte wieder ein wenig Mut. Nein, sie war nicht allein. Und sie durfte sich nicht gehenlassen.

Sie hob den Hund auf. Ja, du bist ein guter Hund! Jetzt müssen wir Hilfe holen! Sie verließ die Wohnung, ließ die Tür angelehnt, ging an die Haustür, öffnete sie und klingelte bei Oedekoven.

Paula wartete vor ihrer Wohnungstür. Oben hörte sie die Tür von Oedekoven gehen. »Herr Oedekoven?« rief sie hinauf.

»Frau Kappes?« kam die Antwort. »Ich komme runter.«

Oedekoven kam in Pantoffeln die Treppe hinab und schaute Paula fragend an.

»Bei mir ist einjebrochen worden«, sagte Paula lakonisch. »Das müssen Se sich mal ansehen.«

Beide gingen durch den Flur bis an die Wohnzimmertür. Sie schauten sich das Durcheinander an.

»Wann ist das passiert?« fragte Oedekoven.

Paula sah auf ihre Armbanduhr: »Jetzt ist es fünf Uhr. Ich bin eben zurückgekommen. War mit der Kriminalbeamtin in einem Parfümgeschäft. Ich werde Ihnen das erklären. Sofort habe ich nach Ihnen geklingelt.«

Oedekoven schüttelte nachdenklich den Kopf.

»Das müssen Sie gleich der Polizei melden. Wissen Sie schon, was alles fort ist?«

»Ich weiß noch nicht, wat alles fehlt. Ich hab auch schon dran jedacht, die Polizei zu rufen. Aber zuerst muß ich mit Ihnen reden. In der Küche.«

Sie gingen in die Küche, und Paula legte den Hund wieder im Plastikkorb ab.

»Wollen Sie nen Kaffee?«

»Wenn der nicht auch geklaut ist«, machte Oedekoven einen müden Scherz. »Verzeihung«, sagte er entschuldigend.

Paula machte Kaffee. Dann saßen sie am Küchentisch.

»Ich muß Ihnen wat beichten«, begann Paula zögernd. »Ich bin jestern mit dem Bötchen zu meiner Schwägerin nach Bonn jefahren. Da ist was passiert. - Als ich drüben war und schon die Erste Fährgasse hochging, da hab ich auf einmal jemerkt, dat mein Handtasch weg war. - Dat mir dat nicht früher aufgefallen war. - Ich werd eben alt. Verjess andauernd wat.«

»Mir geht es nicht anders«, sagte Oedekoven.

»Ich bin dann jleich zum Bötchen zurück, hab nach meiner Handtasche jefragt. Aber die war weg. - Ich bin dann doch noch zum Frieda. Also meiner Schwägerin. Bin aber nur kurz jeblieben un wieder nach Haus. Auf dem Rückweg hab ich nochmal auf dem Bötchen jefragt. Mein Tasch war futsch. Zuhause hab ich mir dann den Ersatzschlüssel ausem Keller jeholt. Ich hab nicht jewußt, wat ich machen soll. Dann heut morjen, dat mit dem toten Kaiser. Ich hab meine verschwundene Handtasche janz vergessen.«

Oedekoven nickte verständnisvoll: »Und in Ihrer Tasche war der Haus- und Wohnungsschlüssel, Ihre Papiere - Personalausweis und so, das Portemonnaie ... «

Paula nickte .

» Vielleicht haben Sie Ihre Tasche auf dem Bötchen liegen lassen, und irgendwer hat sie an sich genommen. Für nen kleinen Ganoven ne willkommene Beute. Am besten wären Sie gleich gestern noch zur Polizei gegangen. Und - Sie hätten den Verlust des Schlüssels sofort Holthausen melden müssen. In der Tasche waren Ihre Papiere. Da war das für den oder die Ganoven ein Kinderspiel, herauszubekommen, auf welche Türen die Schlüssel passen. Eine ziemliche Scheiße! - pardon - in die Sie da geraten sind«, sagte Oedekoven. »Aber jetzt muß schnell was unternommen werden!«

Oedekoven stand auf. »Warten Sie hier, ich sage Holthausen wegen dem Schlüssel Bescheid. Der muß heute noch den Zylinder am Haustürschloß und an Ihrer Wohnung auswechseln. Sonst gibt es womöglich noch einmal unliebsamen Besuch. Dann rufe ich die Polizei, die müssen den Diebstahl aufnehmen.«

»Kann dat nicht die Frau Brentano von der Kriminalpolizei? Ich hab die Telefonnummer da auf dem Küchenschrank liegen«, unterbrach ihn Paula.

»Ok«, lächelte Oedekoven. »Ich ruf sie an. Sie kann zumindest alles Nötige veranlaßen. Kopf hoch, Frau Kappes. Es wird alles gut werden.«

Oedekoven eilte hinaus.

»Danke«, rief Paula ihm zaghaft hinterher. Ob er es noch gehört hatte?

30.

Dann griff er nach dem Telefon

»Was willst du mit dem Scheiß, den werden wir doch nie los«, hatte Moha zu Bernie gesagt.

»Du hast ja keine Ahnung von Kunst. Ist ja gut, mach keinen Wind. Die beiden Teller sind bestimmt was wert. Und das ist ein richtiges Ölbild. Ölbild! Nicht Essig und Öl! Handgemalt. Das ist sogar ne Unterschrift drauf«, hatte Bernie geantwortet.

Sie waren mit der Siegburger Bahn gefahren und am Bertha-von-Suttner-Platz ausgestiegen. Bernie hatte die Teller und das kleine Ölbild in ein Handtuch gewickelt und in die Schultasche gesteckt. Die Handtasche mit sämtlichem Inhalt war in einer Mülltonne in der Rheinaustraße verschwunden.

»Da sind doch bestimmt Fingerabdrücke drauf«, hatte Moha gesagt, der schon mal Detektivgeschichten las.

»Und wenn schon«, fand Bernie die Bedenken überflüssig. »Bekommt die Polizei die Tasche in die Finger, dann weiß sie immer noch nicht, daß wir sie hatten. Kapiert? Da müssen sie uns erst mal haben, und warum sollten sie?«

Bernie sah sich in einer Glückssträhne und wollte sich nicht die Laune verderben lassen. Na gut, sie hätten vielleicht doch besser die Handtasche so verschwinden lassen sollen, daß sie niemand mehr finden würde.

Bernie und Moha gingen durch die Bonngasse in Richtung Friedrichstraße, da war an der Ecke ein Antiquitätengeschäft.

»Ich hab ein komisches Gefühl«, sagte Moha, als sie vor dem Geschäft standen.

»Scheiß dich nicht voll!« grinste Bernie und betrat den Laden.

Ein älterer, weißhaariger Mann, mit einer Lesebrille auf der Nasenspitze, über sie hinwegblickend, kam an den Tresen und sagte: »Tag, die Herren, was kann ich für Euch tun?«

In seiner Stimme war ein kleiner Spott.

»Wir - wir haben hier was - das ist - das ist von meiner verstorbenen Tante - und meine Mutter meint - also sie meint - , ob Sie das hier vielleicht kaufen wollen«, sagte Bernie, und er ärgerte sich, daß er verlegen war und beinahe stotterte.

»Dann laß mal sehen«, sagte der Antiquitätenhändler.

Bernie wickelte die Sachen aus dem Handtuch und legte sie auf den Glastresen.

Der Antiquitätenhändler schob die Lesebrille vor die Augen und beugte sich zuerst über die beiden Meißenteller. »Hm«, murmelte er, »etwas angestoßen, aber ziemlich alt. Mal sehen.« Er nahm hintereinander beide Teller in die Hand, drehte sie hin und her und begutachtete sie. Dann griff er das Ölbild, hielt es mit beiden Händen etwas von sich weg, wiegte den Kopf hin und her. Er nahm eine Lupe und sah sich die Signatur genauer an. Dann legte er das Bild wieder auf den Tresen.

Er schaute die beiden Jungen freundlich aber auch mit einem leichten Mißtrauen an.

»Also die Sachen sind von einer verstorbenen Tante? Warum kommt denn deine Mutter nicht selbst her?«

»Ich, ich - sie - also meine Mutter, die hat die Grippe und liegt im Bett«, stieß Bernie hervor und grinste unverschämt. Der Alte würde ihn schon nicht aufs Kreuz legen.

»Ist ja schon gut«, lächelte der Antiquitätenhändler schief. »Was wollt Ihr denn für die beiden Teller und das Ölbild haben?«

Bernie zögerte, dann sagte er: »Ich hab gedacht, also meine Mutter hat es mir gesagt, daß Sie vielleicht ein Angebot machen.«

Der Antiquitätenhändler zuckte die Schultern.

»Vielleicht fünfhundert Mark für alles zusammen? Wissen Sie, meine Mutter ist arbeitslos - und hat auch noch die Grippe«, sagte Bernie lauernd.

Das Bürschchen ist doch ziemlich gerissen und unverschämt, dachte der Antiquitätenhändler. Der hat bestimmt schon mehr als ein krummes Ding gedreht. Hat aber trotzdem keine Ahnung, was die Sachen wert sind. Allein das Ölbild, ein echter Stiegler, der ist mindestens zwanzigtausend, wenn nicht noch viel mehr, wert. Und die beiden Meißenteller, die sind noch aus dem achtzehnten Jahrhundert, die Schwertermarke, die können zusammen dreitausend bringen. Und da will das Bürschchen fünfhundert Mark. Da ist was oberfaul. Er nahm das Ölbild noch einmal in die Hand. Er mußte nachdenken. Hier konnte er ein tolles Schnäppchen machen. Aber die Ware war bestimmt heiß, wer weiß, wo die Kerle sie geklaut hatten. Er schwankte zwischen Geldgier und Vorsicht.

Bernie legte das Zögern anders aus: »Vielleicht auch nur vierhundert«, ging er mit seiner Forderung herunter.

Das machte den Antiquitätenhändler nur noch hellhöriger.

»Wißt Ihr was, ich muß mich mit meinem Geschäftspartner besprechen. Vielleicht kann ich euch noch was mehr geben, es sind ganz schöne Stücke. Könnt Ihr in einer Stunde noch mal wiederkommen? Sagen wir genau um fünf? Ich denke, dann werden wir uns handelseinig.«

Der Antiquitätenhändler, der in jungen Jahren einmal Schauspieler gewesen war, setzte ein freundliches Lächeln auf.

Bernie hatte mit dieser Entwicklung nicht gerechnet. In seinem Kopf ging einiges wirr durcheinander. Ganz hinten im Kopf hörte er ein kleines Warnglöckchen läuten. Er schaute Moha an, der zuckte unwissend, unbeteiligt die Schultern.

»Na gut, kommen wir um fünf wieder.« Und er kam sich besonders schlau vor, als er von dem Antiquitätenhändler eine Quittung für die drei Teile verlangte.

»Aber das ist doch selbstverständlich«, lächelte der.

Als die Jungen den Laden verlassen hatten, blickte der Antiquitätenhändler versonnen auf die beiden Meißenteller und das kleine Ölbild. Welch schöne Dinge. Wirklich schade, sehr schade.

Dann griff er nach dem Telefon und rief die Polizei an.

31.

Soll ich Ihnen beim Aufräumen helfen?

Es dauerte eine knappe Viertelstunde, als zwei Polizeibeamte der Beueler Kriminalwache erschienen. »Mein Name ist Lülsdorf von der Beueler Polizeiwache, und das ist mein Kollege Overath«, sagte der ältere der beiden Beamten. »Das gibts doch nicht«, fügte er schnell hinzu. »Wir sind heute morgen schon einmal hier gewesen! - Wegen dem Toten von nebenan.«

Paula nickte und ließ die beiden in ihre Wohnung. Nun kam auch Oedekoven hinzu. »Ich habe Sie angerufen. Wie heute morgen«, sagte er.

»Bei mir ist einjebrochen worden«, sagte Paula. »Im Wohnzimmer sieht es aus, wie nach einem Bombenangriff«, versuchte sie es mit ein wenig Humor. Sie mußte gute Stimmung machen. Sie konnte sich denken, daß da noch etwas auf sie zukam.

Die Beamten warfen einen kurzen Blick ins Wohnzimmer. Sie hatten so etwas schon öfter gesehen. In der letzen Zeit war eine rumänische Diebesbande in der Umgebung häufiger am Werk.

»Das ist was für die Spurensicherung«, sagte Lülsdorf. »Es würde mich aber wundern, wenn man verwertbare Hinweise findet. Das sind Profis, die hinterlassen keine Fingerabdrücke.«

Der andere Beamte war zur Wohnungstür zurückgegangen und schaute sie sich genau an, besonderes um das Türschloß herum suchte er nach Einbruchspuren. Er schüttelte nachdenklich den Kopf, dann trat er wieder zu seinem Kollegen.

»Da sind keine Einbruchspuren. Der Zylinder ist intakt. Sieht aus, als hätten die Diebe einen Schlüssel gehabt.«

Bei diesen Worten begann Paulas Herz heftig zu klopfen, und sie spürte, wie eine Röte auf ihr Gesicht zog.

»Mir ist - gestern der Hausschlüssel - weggekommen - «, sagte Paula zögernd, unaufgefordert und mit leiser Stimme.

»Dann erzählen Sie mal«, meinte Hauptwachtmeister Lülsdorf.

Paula bemühte sich, mit wenigen Sätzen zu berichten, wie ihr die Handtasche auf der Fahrt mit dem Bötchen fortgekommen war.

Lülsdorf verzog den Mund: »Da haben Sie es den Dieben verdammt leicht gemacht. Sie hätten das gleich melden müssen. Hätte man sofort die Türzylinder ausgetauscht, wäre es vermutlich nicht zu diesem Diebstahl gekommen. - Aber das ist Sache der Kriminalpolizei. Ich werde die Kollegen aus Bonn rufen. Bitte rühren Sie solange nichts an.«

Die beiden Beamten verschwanden.

Oedekoven blieb bei Paula und sagte: »Sie müssen da durch, man wird Ihnen schon nicht den Kopf abreißen. Ich hab im übrigen auch Frau Brentano angerufen. Sie war noch in der Dienststelle. Sie kommt morgen früh her, um mit Ihnen zu reden.«

Sie waren beide eine Weile stumm, und man spürte geradezu, wie bedrückt Paula war.

»Soll ich noch bei Ihnen bleiben?« fragte Oedekoven.

»Bitte bleiben Se, bis de Kriminalpolizei hier is«, sagte Paula. Sie war froh über seinen Beistand.

Es dauerte dann doch fast eine Stunde, bis drei Beamte der Spurensicherung erschienen. Einer stellte sich mit Kriminalkommissar Feuser vor. Er nahm die Formalitäten auf, während die beiden anderen Beamten zuerst Fotos vom Tatort machten. Dann gaben sie sich daran, mit Pinsel und Graphitpulver nach Fingerabdrücken zu suchen.

»Von Ihnen brauchen wir auch Fingerabdrücke«, sagte Feuser, »um fremde Abdrücke erkennen zu können.«

Sehr hoffnungsvoll klang seine Stimme nicht.

Nach einer Stunde waren die Beamten fertig.

»Machen Sie eine Liste von den Gegenständen, die fehlen, und dann schicken Sie die uns oder geben die uns ab«, sagte Feuser und drückte Paula eine Visitenkarte in die Hand.

Dann unterschrieb sie noch ein Protokoll, und die Beamten verließen die Wohnung.

»Die machten aber keinen optimistischen Eindruck«, sagte Oedekoven, der die ganze Zeit bei Paula geblieben war, und fügte hinzu: »Soll ich Ihnen beim Aufräumen helfen?«

»Danke, nä, dat kann ich schon allein. Oder meine Schwägerin soll mir helfen. Ich ruf sie an. Ach Mist, dat Telefon ist ja kaputt. Die Telekom muß ich auch noch anrufen. Aber wie?«

»Ich mach das für Sie«, sagte Oedekoven. »Holthausen weiß schon

Bescheid. Die Telekom kann ich noch anrufen. Und wenn Sie mir die Nummer geben, auch Ihre Schwägerin.«

Paula sagte ihm die Nummer. Oedekoven nickte mit dem Kopf und ging aus der Wohnung.

Paula fühlte sich starr und in ihrem Kopf, als sei er mit einer Unmenge Watte gewaltsam vollgestopft.

Nicht mal bedankt hatte sie sich bei Oedekoven.

32.

Die Alte war irgendwie glücklich

Feldmann fuhr mit seinem Privatwagen nach Vilich-Müldorf, er kannte sich hier aus, denn er hatte vor Jahren einmal hier gewohnt. In den letzten Jahren war der Ort am Rande von Bonn gewachsen, zahlreiche Neubauten waren hochgezogen worden. Hier konnte man ziemlich ruhig wohnen, und bis nach Bonn, Sankt Augustin oder Siegburg war es nicht weit. Feldmann war über die Schnellstraße gefahren, und hatte er vom Polizeipräsidium bis zur Burbankstraße in Vilich-Müldorf noch keine zehn Minuten gebraucht.

Er parkte den Wagen vor dem Haus, es war ein neueres Mehrfamilienhaus. Die Klingelleiste zeigte an der dritten Stelle von unten den Namen *Kaiser*. Ein saubergeprägtes Schildchen. Versuchsweise klingelte Feldmann. Niemand meldete sich. Also versuchte er es mit der untersten Klingel. Da stand *Holthausen*.

Nach einer Weile ging der automatische Türöffner. Feldmann schob die Tür auf und trat ein. Er kam in einen kunststeingefliesten Flur. Es roch nach Reinigungsmittel.

»Ja bitte?« kam eine Männerstimme vom Hochparterre.

Feldmann ging die wenigen Treppenstufen hoch. Da stand ein Mann, etwa Mitte vierzig, im dunkelgrauen Kittel, an eine Wohnungstür gelehnt.

Feldmann ging auf ihn zu: »Guten Tag, mein Name ist Feldmann, ich möchte bitte den Hauseigentümer sprechen.«

Der Mann hatte ein grobes Gesicht, die Nase krumm, war er vielleicht einmal Boxer gewesen? Die Haare waren fast schwarz und ziemlich strähnig, sie glänzten fettig, als hätten sie schon seit Wochen eine Wäsche nötig. Der Mann schaute unfreundlich.

»Ich bin der Hausverwalter, was wollen Sie?«

»Mein Name ist Feldmann, von der Bonner Kriminalpolizei«, sagte er und lächelte. Er war von einer stoischen Ruhe, Bösmeinende sprachen von Phlegma, ihn brachte so leicht nichts aus der Fassung. Eine Eigenschaft, die Hartung an ihm schätzte.

»Wenn ich Sie einen Augenblick sprechen dürfte? Es geht auch hier im Flur«, sagte Feldmann.

»Worum geht es denn?« fragte der Hausverwalter einen Deut freundlicher.

»Hier im Haus wohnt ein Herr Kaiser, ich möcht ein bißchen was über ihn erfahren«, sagte Feldmann.

»Der Kaiser ist nur selten im Haus. Ich habe ihn seit Tagen nicht gesehen. Ich weiß von dem Mann nichts. Er empfängt so gut wie keinen Besuch. Er wohnt noch nicht lange hier. Ich kann Ihnen nichts sagen. Wenn Sie mich entschuldigen«, versuchte der Hausverwalter Feldmann abzuwimmeln.

»Ach, vielleicht doch eine Bitte«, sagte Feldmann freundlich. »Ob ich vielleicht einmal einen Blick in die Wohnung von Kaiser werfen darf?«

»Wie kommen Sie denn da drauf? Das geht Sie ja nun wirklich nichts an. Da müssen Sie den Kaiser schon selber fragen. Ich lasse Sie jedenfalls nicht in seine Wohnung! Und jetzt sollten Sie lieber das Haus verlassen. Wissen Sie, ich hab mal Halbschwergewicht geboxt«, grinste der Mann böse.

»Entschuldigen Sie die Störung, auf Wiedersehen«, sagte Feldmann, er wußte, wenn es besser war, vorerst den Rückzug anzutreten. Natürlich meinte er das *Aufwiedersehen* wörtlich. Schon komisch, daß der Mann angeblich nichts vom Tod Kaisers weiß, dachte Feldmann.

Er ging die Treppe hinunter, spürte dabei, wie ihn der Hausverwalter dabei beobachtete, und verließ das Haus.

Feldmann ging zu seinem Auto und fuhr hundert Meter weiter. Dann stieg er wieder aus und ging zum Haus zurück. Forsch ging er zum Hauseingang und drückte auf die vierte Klingel von unten. Da stand *Sowitzki*. Der Türsummer ging und Feldmann betrat zum zweitenmal das Haus. Jetzt war ihm doch ein wenig mulmig. Ob ihn der Hausverwalter beobachtet hatte? Aber Feldmann ging ungestört zum ersten

Stockwerk hoch. Die rechte Wohnungstür war angelehnt. Feldmann klopfte. Da kam eine alte Frau, klein und mit gebeugtem Rücken, schwarz wie ein Rabe gekleidet, die grauen Haare ganz kurz geschnitten. Sie drehte den Kopf seitlich und blickte nach oben.

»Guten Tag, mein Herr. Sie möchten mit mir reden? Kommen Sie doch bitte herein!«

Feldmann folgte ihr. Die alte Frau ging voraus in ein kleines Wohnzimmer, das wie vor hundert Jahren eingerichtet war.

»Nehmen Sie doch bitte Platz. Der Tee steht schon auf. Ich komme gleich. Bitte machen Sie es sich gemütlich. Dort liegt eine Zeitung. Wenn Sie lesen wollen. Ich bin gleich zurück.«

Nun wunderte sich Feldmann doch ein wenig. Er schaute sich interessiert in dem Zimmer um. So hatte es einmal bei seiner Großmutter ausgesehen. Sie war schon viele Jahre tot. Er saß auf einem Plüschsofa, dessen Sprungfedern durchgesessen waren, und dessen Bezug verschlissen war. Auf den Lehnen lagen weiße Spitzendeckchen. Gegenüber an der Wand hingen zwei große, ovale Bilder, links sah ein Mann in dunklem Anzug und gestärktem Hemd den Betracher ernst und kritisch an. Rechts blickte eine verhärmtwirkende Frau mit streng zurückgekämmten Haaren, schwarzer Bluse und Kummerband um den Hals an dem Betrachter vorbei. Man sah, wie unwohl sie sich gefühlt haben mußte, fotografiert zu werden.

»Das sind meine Eltern«, sagte die alte Frau, die unhörbar hereingekommen war. Sie trug zitternd ein kleines Tablett, darauf eine Tasse und eine kleine Teekanne.

»Leider kann ich keinen schwarzen Tee mehr vertragen, zuviel Koffein«, lächelte sie. »Aber Sie mögen bestimmt welchen. Trinken Sie ihn mit Kandis und Sahne. Es ist friesischer Tee. Ich habe ihn früher immer getrunken.«

Feldmann fühlte sich irgendwie überrumpelt. Aber er mochte die freundlich-bestimmende Art der alten Frau. Ihm fiel auch auf, welch gutes Deutsch sie sprach. Sie redete deutlich und wohlartikuliert. Vielleicht war sie einmal Schauspielerin gewesen. Natürlich. Nur das kam in Frage.

Die Alte goß Feldmann Tee ein. Sie setzte sich auf einen Stuhl am Tisch. Ihre Beine berührten kaum den Boden.

Es war eine seltsam gemütliche Stimmung.

»Wo waren Sie im Engagement?« fragte Feldmann, der gelegentlich ins Theater ging, wenn ein klassisches Stück lief, diese modernen Sachen mochte er nicht.

»Ach, Sie haben es erkannt?« lächelte die alte Frau. »Es war damals in Berlin. Es ist etliche Jahre her. War mit bekannten Schauspielern auf der Bühne. Haben Sie noch Curt Bois kennengelernt?«

»Von Fernsehen her«, sagte Feldmann.

»Sehen Sie, mit dem habe ich gespielt. Auf der Bühne. Und privat.«. Die Alte schloß für einen Moment die Augen.

Dann gab sie sich einen Ruck und schaute Feldmann direkt ins Gesicht: »Nun trinken Sie von dem Tee, er ist wirklich gut. Gern höre ich Ihre Fragen. Darum sind Sie doch hier!«

Feldmann trank langsam von dem Tee, ihm gefiel es hier. Er mußte an seine Großeltern denken. Dann lächelte er die alte Frau an: »Sie haben im Flur gelauscht, nicht wahr?«

Die Alte grinste spitzbübisch.

»Ich wollte etwas über Herrn Kaiser erfahren. Wissen Sie, der ist tot in seinem Büro aufgefunden worden. Ich bin von der Kriminalpolizei Bonn, und ich versuche, etwas über den Toten herauszubekommen. Sein Privatleben und so«, sagte Feldmann leise und zögernd, als müsse er sich entschuldigen.

»Das ist ja schrecklich«, sagte die Alte. »Man hat ihn umgebracht, nicht wahr?«

Feldmann nickte. »Erzählen Sie mir etwas über diesen Herrn Kaiser. Was war das für ein Mann?«

Die alte Frau sah Feldmann ruhig an.

»Er wohnte ja noch nicht lange hier. Vielleicht ein halbes Jahr. Man sah sich hier und da im Treppenhaus. Er war irgendwie verschlossen; sicher, er war freundlich, brachte mir schon mal meine Einkaufstasche herauf. Es wunderte mich schon, als ich erfuhr, er sei Immobilienmakler und habe in Beuel ein Büro. Ich habe den Herrn Kaiser immer nur mit einem Fahrrad gesehen. Seltsam. Als Immobilienmakler, da muß man doch Gebäude besichtigen, Kunden dort hinführen. Und das ohne Auto? Aber wissen Sie! Er hatte doch ein Auto. Ganz durch Zufall bin ich dahinter gekommen. Ich machte vor ein paar Wochen einen Spaziergang zum Friedhof hier in Vilich-Müldorf, es sind von hier nur wenige Minuten. Da sah ich, wie Herr Kaiser sein Fahrrad am Friedhofszaun abstellte und in ein Auto einstieg, das vor dem Friedhof stand. Dann fuhr er alleine weg. Das fand ich schon merkwürdig.«

Feldmann fand das auch. »Welche Automarke war das?«

»So ein teueres, silbriges Auto, den Mercedesstern kenne ich.«

»Haben Sie ihn noch einmal mit diesem Auto gesehen?« wollte Feldmann wissen.

»Nein, nur dieses eine Mal«, schüttelte die Frau den Kopf.
Feldmann trank wieder von dem Tee, er war wirklich gut.
»Lebte Kaiser allein? Hatte er häufiger Besucher?«
»Ich weiß, was Sie meinen«, lächelte die Frau, »ich bin zwar altersmäßig von gestern, aber nicht im Kopf! Nein, Damenbesuch hatte er nicht, soviel ich weiß. Aber ich spioniere ja den Leuten nicht hinterher«, grinste sie treuherzig. »Aber besonders abends kamen schon mal Leute zu ihm. Komischerweise oft junge Leute. Zwei junge Männer habe ich mehrmals gesehen, der eine hatte sich die Haare knallrot gefärbt. Wer weiß, was die bei ihm wollten? Es ging bestimmt nicht um Häuser und Wohnungen. Dann hätten sie doch Kaiser in seinem Büro aufgesucht.«
Feldmann bewunderte die Logik der alten Frau. Er trank seine Tasse aus.
»Soll ich Ihnen noch nachgießen?« fragte sie.
»Nein, danke, nur noch eine Frage. Hatte Kaiser näheren Kontakt zu einem Hausnachbarn?«
»Also zu mir nicht. Er war nie in dieser Wohnung. Aber ich habe mitbekommen, daß er häufiger mit Herrn Holthausen, dem Hausverwalter, ein unangenehmer Mensch, zusammenstand und leise redete, daß man nur ja nichts mitbekam. Ich habe Kaiser mehrmals aus der Wohnung des Hausverwalters kommen sehen. Ich glaube, letzte Woche hatten sie sogar eine Auseinandersetzung miteinander. Sie brüllten sich im Hausflur laut an. Ich habe aber nur Fetzen mitbekommen. Ich habe nur verstanden, wie Herr Holthausen rief: *Sie tragen die Verantwortung! Sie tragen die Verantwortung!* - Sagen Sie: Kann es sein, daß der Hausverwalter den Herrn Kaiser getötet hat?«
Die alte Frau schaute Feldmann mit großen Augen aufgeregt an.
Feldmann stand auf. Er lächelte. »Es war interessant mit Ihnen zu reden. Für Schlußfolgerungen ist es noch viel zu früh. Vielleicht werde ich oder einer meiner Kollegen noch einmal mit Ihnen reden müssen. Jedenfalls für heute besten Dank. Auch für den guten Tee. Sie sind wirklich sehr nett.«
Die Alte war irgendwie glücklich. Sie rutschte von ihren Stuhl herunter und ging zur Wohnungstür voraus.
»Selbstverständlich verrate ich nichts von unserem Gespräch«, lächelte sie konspirativ und schüttelte Feldmann die Hand. Er verließ leise das Haus. Heute wollte er mit diesem Hausverwalter nicht wieder zusammenstoßen. Zuerst mußte er Hartung berichten, der sollte entscheiden, was weiter zu geschehen hatte.

33.

Dat haben se nicht jefunden!

Paula zog den Stuhl an den Plastikkorb, in dem Fritz, der Rauhhaardackel, lag. Sie bückte sich und streichelte ihm den Kopf. Der Hund leckte dankbar ihre Hand.

»Da ist uns beiden wat Schlimmes passiert«, sagte sie, und der Hund bestätigte es mit einem zaghaften *Wuff.*

Da war sie in eine schöne Scheiße gerutscht, dachte Paula. Sie wagte nicht ins Wohnzimmer zu gehen, ihr graute vor dem Durcheinander und vor der Frage, was die Kerle - das war bestimmt nicht nur einer - ihr alles geklaut hatten.

Paula holte Milch aus dem Kühlschrank, goß sie in ein Glas und trank davon.

»Haste auch Durst?« fragte sie den Hund. Der machte wieder ein leises *Wuff.*

Paula goß von der Milch in ein Schüsselchen und stellte es dem Hund vor die Schnauze. Fritz steckte seine Nase in die Milch, trank aber nicht davon. Verzog die Lefzen, als sei er beleidigt.

»Auf Milch stehste nicht? Gut, kriegste Wasser.« Jetzt schlappte Fritz gierig und hatte im Nu das Schüsselchen leer.

Die Wohnungsklingel läutete.

Paula öffnete die Tür, es war Frieda.

»Dat darf doch nicht wahr sein!« kam sie ohne einen Gruß in die Wohnung. »Dat muß ich mir ansehen!« stürmte sie ins Wohnzimmer. Paula ging langsam hinter ihr her.

»Tag, Frieda«, sagte sie leise.

»Dat sieht ja wie nach nem Bombenangriff aus!«

Dann ging Frieda an die Garderobe, zog ihren Mantel aus und hängte ihn auf.

»Mach mir erst mal en Tässchen Kaffee, dann jeben mir uns an de Arbeit«, sagte Frieda voller Tatkraft und gut gelaunt. Kein Kunststück, ihr hatte man ja schließlich nichts geklaut!

»Und dann machen mir en Aufstellung darüber, wat alles weg is. Nu komm Paula, steh da nicht so erum!«

Paula fühlte sich immer noch wie gelähmt und dumpf, als habe sie einen Schock nach einer Verwundung, wo der Schmerz erst später eintritt.

Frieda war eine rheinische Frohnatur, sie hatte das Herz auf dem richtigen Fleck und ließ sich durch Arbeit, mochte sie noch so umfangreich sein, nicht unterkriegen. Paula bewunderte sie im stillen, und ärgerte sich manchmal über ihre eigene Schwerfälligkeit. Wenn Frieda sie antrieb, dann wehrte sie sich. Und dann gab es manchmal Streit, der aber schnell vergessen war. Heute war Paula froh, daß ihr Frieda half, und daß sie in ihr einen Beistand hatte.

»Mir reden nachher über alles«, sagte Frieda zwischendurch.

Nachdem beide eine gute Stunde ordentlich gewirkt hatten, sah das Zimmer wieder manierlich aus; wären da nicht ein paar schmerzliche Leerstellen an den Wänden gewesen, hätte man meinen können, daß nur ein Hausputz fällig gewesen war.

Paula und Frieda holten den restlichen Kaffee aus der Küche und setzten sich auf die Couch. Dann nahm Paula einen Notizblock, um aufzuschreiben, was die Ganoven alles hatten mitgehen lassen. Es fehlte ein kleines Ölbild mit einem Motiv vom Siebengebirge, ein Erinnerungsstück an ihre Eltern. Dann zwei Meißen-Teller, einer mit Zwiebelmuster, der eigentlich in die Küche gehört hätte, der andere mit großen bunten Blumen und einem durchbrochenen Rand. Aus dem Besteckfach hatten sie alles Silberbesteck entwendet, das hatte Friederich mit in die Ehe gebracht. Paula hatte es immer für gut gehalten. Das hieß, es war in den letzten zwanzig Jahren so gut wie überhaupt nicht benutzt worden. Erinnerungsstücke.

»Fehlt dir Bargeld?« fragte Frieda.

»Nä, ich hab mir gestern hundert Mark auf der Sparkasse geholt, da hab ich was von einjekauft. Der Rest war schon mit der Handtasche verschwunden, sagte Paula.

»Un Schecks un de Scheckkarte un en Sparbuch?« hakte Frieda nach.

»Schecks un en Scheckkart un so neumodisches Zeug, dat brauch ich nicht. De Miet, dat Telefon un der Strom, dat jeht jleich von meinem Konto ab. Du siehst, wo nix is, da kann auch nix jeklaut werden«, machte Paula ein zaghaftes Witzchen.

Dann stand Paula auf und ging zum Wohnzimmerschrank. »Hier, hinter der Glastür, da fehlen noch ein paar Sachen. Wart emal. - Ein

Silberrähmchen mit meinem Friederich drin. Dat Foto haben se ja dajelassen. Wie freundlich. Und dann noch en Papierjewicht aus Jlas, dat mir der Friederich mal von ner Kur mitjebracht hat. Und ne kleine Silberschale mit silberne Pfeffer- und Salzdöschen. - Viel haben die nicht jefunden. Die tun mir richtig leid«, lächelte nun Paula verkniffen.

»Wo haste denn deine Schmuck aufjehoben?« fragte Frieda.

»Dat möchste jern wissen!« grinste Paula. »Dat muß ich im Schlafzimmer nachkucken. Du bleibs hier!«

Paula ging ins Schlafzimmer und kam nach zwei Minuten wieder.

»Dat haben se nicht jefunden!« triumphierte Paula. »Hätt sich sowieso nicht jelohnt. Dat bißchen wat ich hab, außer dem Joldring von meinem Friederich.«

Frieda war schon fast enttäuscht, daß sich der Schreck in Grenzen hielt. Sie stand auf.

»Dann will ich wieder jehen. Mein Jösefchen wartet mim Abendessen. Aber wat anderes. Wie is et mit der Karnevalssitzung nächsten Montag? Mir waren doch verabredet. Mein Jösefchen un ich, un du und dein Freundin Josefa.«

»Ich weiß et net«, sagte Paula zögernd, »irjendwie is mir dat mit dem toten Kaiser un dem Diebstahl auf de Nerven jejangen. Mer gukken mal. Dank für dein Hilf.«

»Dann sehen mir uns aber auf jeden Fall auf Weiberfastnacht«, verabschiedete sich Frieda.

»Juht, bis Weiberfastnacht.«

34.

Konnte er den Hals aus der Schlinge ziehen?

Als Kriminalhauptwachtmeister Feldmann seinem Chef, Kriminalhauptkommissar Hartung, vom Besuch in Kaisers Wohnhaus in Vilich-Müldorf, dem unergiebigen Gespräch mit dem Hausverwalter Holthausen und dem freundlichen Plausch mit der alten Dame, zu der der Name Sowitzki so gar nicht passen wollte, berichtet hatte, wandte der sich gleich an die Staatsanwaltschaft, um eine Durchsuchung der Wohnung des toten Immobilienmaklers zu ermöglichen.

Nun stand eine Gruppe von Kriminalbeamten, angeführt von Hartung, vor dem Haus in Vilich-Müldorf. Es waren zwei versierte Beamte der Spurensicherung, aber auch Susanne Brentano und Feldmann dabei. Hartung legte Wert darauf, daß Susanne anwesend war, sie kannte den Fall und hatte erfahrungsgemäß das richtige Näschen, wenn es darumging, zweckdienliche Hinweise zu finden.

Als Feldmann klingelte, ging die Tür sofort auf. Holthausen, der Hausverwalter, arbeitete im Flur, er hielt einen Schraubenzieher in der Hand, um einen Briefkasten zu reparieren. Er schaute die Besucher skeptisch an, ohne Überraschung zu zeigen. Der Mann hat sich im Griff! dachte Feldmann, der sich an sein unergiebiges Gespräch erinnerte. Der Kerl war nicht mit Glacéhandschuhen, sondern mit Boxhandschuhen anzufassen.

»Guten Tag«, sagte Feldmann, darf ich Ihnen Kriminalhauptkommissar Hartung von der Bonner Kriminalpolizei vorstellen - und noch weitere Kollegen. Sie erinnern sich an meinen Besuch? Wir sind hier, um eine Durchsuchung der Wohnung des verstorbenen Eberhard Kaiser vorzunehmen.«

Susanne Brentano zog den Durchsuchungsbefehl heraus und hielt ihn Holthausen lächelnd unter die Nase. Er nahm den Vordruck und schaute ihn sich genau an.

Sieh da, dachte Feldmann, der Kerl kann nicht nur boxen, sondern sogar lesen.

»Ich hole den Schlüssel«, sagte Holthausen kurz und ging die wenigen Stufen zu seiner Wohnung hinauf. Die Kriminalbeamten folgten ihm.

Trotz großer Aufmerksamkeit und peinlicher Genauigkeit hatte die Durchsuchung zuerst nichts erbracht. Die Wohnung machte einen unpersönlichen Eindruck. Die Möbel wirkten wie von der Stange, auf die Schnelle bei Ikea gekauft. Die Küche aufgeräumt, im Kühlschrank nur wenige Essensreste. Im Tiefkühlteil ein, zwei Fertiggerichte, eine Pizzaschachtel. Im Wohnzimmer nur zwei Sessel, die verloren vor einem kleinen Fernsehgerät standen. Auf einem kleinen Tisch lag ein schnurloses Telefon, kein Anrufbeantworter. Kein Telefonbuch, nicht einmal ein Telefonverzeichnis oder ein Notizblock. An einer Wand ein kleines Regal mit wenigen Büchern, gängige Unterhaltungsbestseller. Alles war ziemlich verstaubt, als sei seit längerem nicht saubergemacht worden. In einem kleinen Schlafzimmer stand nur ein schmales Einzelbett, darauf zwei billige Wolldecken. An der Decke keine Lampe, die Elektrokabel hingen lustlos herunter. Eine billige Tischlampe stand auf dem Boden. Daneben lag ein Taschenbuch, eín Kriminalroman. Susanne Brentano hob es auf, sie las gerne Kriminalromane. Vielleicht war das der Grund. Sie blätterte in dem Taschenbuch, *Das Waschweib - Eine Beueler Kriminalgeschichte.* Da fand sie eine Kapitelüberschrift, die mit zwei blauen Kugelschreiberlinien unterstrichen war: *Konnte er den Hals aus der Schlinge ziehen?* Seltsam, dachte Susanne Brentano und ging zu Hartung, der an der Wohnzimmertür stand und der Arbeit der Spurensicherung zusah.

»Interessant«, lächelte er, »wo lag das Buch?«

»Neben dem Bett auf dem Boden, - da oben an der Seite ist auch ein Eselsohr«, ergänzte Susanne.

»Er hat bis hierhin gelesen, oder er wollte sich an die Kapitelüberschrift erinnern«, sagte Hartung nachdenklich.

Da trat ein Beamter der Spurensicherung mit einem Plastikbeutel in der Hand an Hartung und Brentano heran.

»Ich denke, wir haben etwas Wichtiges gefunden«, strahlte der Mann.

»Was ist das?« fragte Hartung.

»Das sind sieben Tütchen abgepacktes Kokain, wenn uns nicht alles täuscht. Natürlich muß das Zeug noch analysiert werden. Wir haben es im Spülkasten der Toilette gefunden.«

»Gut gemacht«, lobte Hartung.

Das war aber auch alles, was die Beamten finden konnten. Selbst eine Durchsuchung des Kellers, der zur Wohnung gehörte, hatte nichts erbracht. Sie verließen die Wohnung und gaben Holthausen den Schlüssel zurück, er schaute schon erleichtert.

Aber da sagte Hartung: »Wir haben mit Ihnen zu sprechen. Kommen Sie Freitag früh um neun ins Polizeipräsidium in Bonn. An der Zentrale wird man Bescheid wissen und Sie zu mir bringen.«

35.

Sie stören mich

Paula hatte ein paar Vorwürfe einstecken müssen, weil sie den Verlust ihrer Handtasche, ihres Haus- und Wohnungsschlüssels und der Papiere nicht gemeldet hatte.

Holthausen, der Hausverwalter, hatte sie am Telefon angeschnauzt und sie für alle Schäden der verspäteten Meldung des Schlüsselverlustes haftbar gemacht. Schon am Samstagmorgen, war ein Türschlosser erschienen, hatte den Schloßzylinder in der Haustür provisorisch ausgewechselt, und jeder Hausbewohner hatte einen Ersatzschlüssel bekommen. Ein Generalschloß mußte erst beim Werk angefordert werden.

Auch Susanne Brentano war gekommen, um mit Paula, wenn auch nur kurz, nochmals über den Diebstahl zu sprechen. Sie interessierte ein möglicher Zusammenhang mit dem Kapitalverbrechen an Eberhard Kaiser. Aber viel hatte das Gespräch augenscheinlich nicht gebracht.

Welch Wunder, auch die Telekom war schon am Samstagmorgen erschienen, um den Anschluß des Telefons zu reparieren. Selbstverständlich auf Paulas Kosten.

Am Montag dann war Paula zum Beueler Rathaus gegangen, um den Verlust ihres Personalausweises anzuzeigen und einen Ersatzausweis zu beantragen. Hier war endlich mal eine freundliche Beamtin, die Verständnis für Paula hatte und ihr bei den Formalitäten half.

Paula war froh, als sie das alles endlich hinter sich hatte.

Ein Lichtblick für sie war, daß Hund Fritz auf einem schnellen Weg der Besserung war. Schon humpelte und rutschte er durch die Wohnung und pinkelte in die Küche, daß Paula ernsthaft mit ihm schimpfte. Also nahm sie sich vor, alle paar Stunden mit Fritz Gassi zu gehen.

Als aber Frieda am Montagmittag anrief, um Paula doch noch zu bewegen, mit in die Karnevalssitzung im Brückenforum am Abend zu gehen, gab Paula ihr einen Korb. Sie war einfach noch nicht in Stimmung auf Karneval. Da mußte die Eintrittskarte eben verfallen.

»Nimm doch dein Jösefchen mit«, hatte Paula vorgeschlagen.

»Nä, nä! Der verdirb mir nur de Laun!« hatte Frieda gelacht und bedauert, daß Paula nicht mitgehen wollte.

»Aber auf Weiberfastnacht biste dabei!« hatte Frieda gefordert.

»Mal sehen«, wollte Paula sich nicht festlegen.

»Dann mach et juht!« hatte Frieda gesagt und aufgelegt.

Jetzt lief fast jeden Tag in irgendeinem Fernsehsender eine Karnevalssitzung. Der WDR wiederholte Aufzeichnungen mit dem Colonia-Duett, das »Ei« und Süper, mit seinem unnachahmlichen breiten Mundwerk, der langen Mähne und seinen Gummibeinen. Aber Paula hatte keine große Lust, Karnevalsfröhlichkeit im Sessel zu genießen. Wenn sie da an früher dachte? Da konnte es ihr nicht wild genug zugehen, daß selbst ihr Friederich kaum mitkam. Mit einem Seufzer schloß Paula die Augen.

Hund Fritz hatte einen Platz neben Paula auf der Couch ergattert. Er legte seine Schnauze auf Paulas Bein und blinzelte sie mit halboffenen Lidern an. Paula war wirklich auf den Hund gekommen!

Am Morgen hatte Oedekoven mit seinem Auto Paula und den Hund zum Tierarzt gebracht. Der war zufrieden gewesen und hatte gemeint, daß der Hund bald wieder gesund sein würde. Paula konnte nur nicht verstehen, warum Fritz immer ein wenig knurrte, wenn Oedekoven dabei war. War der Hund etwa eifersüchtig?

Zum Dank für seine Hilfe hatte Paula Oedekoven zu einer Tasse Kaffee bei sich eingeladen.

Sie hatten sich dabei wieder über das Verbrechen am Immobilienmakler Kaiser unterhalten.

»Ob vielleicht die Diebe bei mir auch den Kaiser umjebracht haben?« fragte Paula. Sie hatte immer noch ein schlechtes Gewissen. »Vielleicht sind die Kerle mit dem Schlüssel int Haus, den sie in meiner Handtasch jefunden haben«, spekulierte sie.

Oedekoven schüttelte den Kopf: »Wer weiß«, sagte er gedehnt. »Vielleicht gibt es da wirklich einen Zusammenhang. Die Polizei wird den sicherlich schon in Erwägung gezogen haben. Aber Sie brauchen sich keine Sorgen zu machen.«

Das beruhigte Paula ein wenig. Dann sagte sie: »Mir tät mich besser fühlen, wenn die Diebe und die Kerle, die Kaiser aufem Jewissen haben, hinter Schloß und Riegel wären.«

»Machen Sie sich mal keine Sorgen; jetzt, wo ein neues Schloß auf der Haustür ist, kann niemand fremdes mehr herein«, meinte Oedekoven.

»Wie ist der Kaiser überhaupt umjekommen? Mr macht sich ja so sein Jedanken«, warf Paula nach einer kleinen Weile ein.

»Ich habe den Kriminalbeamten gefragt, gleich, nachdem wir den toten Kaiser in seinem Büro fanden. Aber die halten hinterm Berg«, sagte Oedekoven.

Frau, das war ein Stichwort für Paula: »Hab ich Ihnen dat mit dem Parfüm erzählt?« fragte Paula.

Oedekoven schüttelte unverständlich den Kopf.

»Als ich den toten Kaiser jefunden hab, war da so ein starker Parfümjeruch. Ist Ihnen dat nicht auch aufjefallen?«

Odekoven verzog den Mund und schüttelte dann den Kopf.

»Die Kriminalbeamtin, die Frau Brentano, wollte unbedingt wissen, wat für ein Parfüm dat war. Sie hat mich in eine Parfümerie in Bonn bejleitet. Ich mußte ein paar Riechproben machen. Ich habe dat Parfüm dann wiedererkannt. Arpäsch war dat.«

»Interessant«, lächelte Oedekoven, »muß ich meine Frau mal nach fragen.«

»Ich hab der Polizei auch jesagt, dat mir in der Nacht mir zwei junge Männer aufjefallen sind, wie die hier ausem Haus kamen. Hab ich Ihnen noch nicht davon erzählt?«

»Ob das die Kerle waren, die Kaiser getötet haben?« stellte Oedekoven eine Vermutung an.

»Keine Ahnung! Aber ich weiß, dat die vor ein paar Tagen schon mal bei Kaiser waren. Ich hab sie im Flur jesehen. Sie kamen aus seinem Büro. Beide habe ich dann auch in der Mordnacht jesehen. Den einen hab ich an seinen knallroten Haaren erkannt.«

Mordnacht. Paula hatte es zum erstenmal ausgesprochen. Im Haus war ein Mord geschehen. Da half alles Drumherumreden nichts.

»Und was ist Ihnen sonst noch in der fraglichen Nacht aufgefallen?« wollte Oedekoven wissen.

Paula überlegte.

»Da war noch der ältere Herr. Der war bestimmt bei der Pützenbach. Er kam schon am Abend vorher, ich hab mit ihm im Flur jesprochen und ihn vor der Pützenbach gewarnt. Er ging erst am frühen Morgen. Lassen Sie mich überlejen, et war unjefähr halb sieben.«

»Den Mann haben Sie schon früher hier gesehen?« wollte Oedekoven wissen.

Paula nickte: »So hier und da. Ich glaub, der besucht dieses Flittchen da oben - einmal die Woche. Da waren ja auch noch andere. Die macht et bestimmt für Geld.«

Oedekoven verzog das Gesicht.

»Na, gehen Sie mal nicht so hart mit der um. Die kann doch tun und lassen, was sie will, wenn es keinen stört.«

»Aber mich stört dat, so eine im Haus zu haben. Dat ist bestimmt ne Nutte. Was sollen nur die Leute denken?«

»Haben Sie die Frau Pützenbach mal bei Kaiser gesehen?« versuchte Oedekoven eine neue Fährte.

»Ist mir nicht aufjefallen«, zuckte Paula die Schultern. »Dat brauchte doch niemand merken.«

»Da kommt mir auf einmal eine Idee«, war Oedekoven plötzlich gespannt und setzte sich aufrecht. »Wie war das mit dem Parfüm? Könnte das von der Pützenbach gewesen sein? Das gäbe dem Fall doch einen ganz ungewöhnlichen Aspekt!«

»Ich hab nicht drauf jeachtet, wenn die mal nahe an mir vorbeikam. Ich weiß nicht - «, zögerte Paula.

»Das sollten wir prüfen!«

Oedekoven stand auf.

»Kommen Sie, Frau Kappes! Wir statten der Frau Pützenbach einen kleinen Besuch ab. Und dann schnüffeln Sie ein bißchen. Vielleicht benutzt sie das Parfüm, das sie auch bei Kaiser gerochen haben.«

Paula zögerte. Aber dann hatte Oedekoven sie doch überzeugt. Er hatte recht, das konnte eine wichtige Spur sein. Dann konnten sie das der Polizei mitteilen, und dann war endlich wieder Ruhe im Haus. Und die Pützenbach waren sie womöglich los. Wenn die etwa verhaftet wurde, weil sie am Tod von Kaiser mit schuld war? Ja, so konnte sie dem Flittchen wirklich eins auswischen!

»Gut, besuchen wir die Pützenbach. Aber Sie müssen reden. Ich bekomm doch jleich mit der Streit«, sagte Paula.

Nach mehrmaligem Klingeln öffnete Elvira Pützenbach endlich die Wohnungstür. Sie hatte einen seidenen, blauweißgestreiften Morgenmantel an, den sie sich mit einer Hand vor der Brust zusammenhielt. Sie trug kaum Make-up, und die blondgefärbten Haare steckten in Lokkenwicklern. Als sie die beiden Hausbewohner sah, fragte sie mißmutig: »Tag, was wollen Sie?«

»Guten Tag, Frau Pützenbach, wir wollen wirklich nicht lange stören. Sie haben bestimmt mitbekommen, daß man den Herrn Kaiser unten tot aufgefunden hat. Die Polizei hat vielleicht schon mit Ihnen geredet - «

»Ich weiß nicht, was ich da mit Ihnen zu besprechen hätte. Sie stören mich. Ich erwarte Besuch und habe noch einiges vorzubereiten. Vielleicht ein andermal.«

Paula war so nah wie möglich an Frau Pützenbach herangetreten, ohne daß es auffiel. Dann lächelte sie Oedekoven an, während dieser noch sprach. Ja, sie hatte das Parfüm erkannt!

Oedekoven begriff und sah ohne Reaktion auf das Oberteil des Morgenmantels der Elvira Pützenbach, durch den sich ihre Brüste mit den aufgerichteten Brustwarzen deutlich abzeichneten. Dann lächelte er und verzog die Mundwinkel.

Sie nahm an, das Lächeln gelte ihr, was sie ein wenig verwirrte, denn sie war auf eine Auseinandersetzung eingestellt.

Ihr Gesicht wurde einen Deut freundlicher.

»Wenn Sie mich jetzt entschuldigen wollen, ich habe keine Zeit. Ich wüßte auch nicht, was ich sagen sollte. Das mit dem Kaiser tut mir leid. Guten Tag denn.« Sie nickte und schob ein wenig unvermittelt und hastig die Tür zu.

Paula und Oedekoven gingen wieder hinunter in Paulas Wohnung.

»Noch einen Kaffee? Oder ein kleines Schnäpschen?« fragte Paula. Inzwischen machte es ihr Spaß, sich mit Oedekoven zu unterhalten, und sie spürte, wie sich ihre Laune merklich besserte.

»Vielleicht ein Mineralwasser, wenn Sie haben. Sie wissen, meine Bauchspeicheldrüse«, sagte Oedekoven und nahm, ohne erst zu fragen, auf einem Stuhl Platz.

Hund Fritz hatte ein kleines Schläfchen gehalten, war aufgewacht und gab ein zögerndes leises Bellen und dann ein leises Knurren von sich.

»Wir gehen gleich Gassi«, beruhigte Paula ihn.

»Ich bin gespannt«, sagte Oedekoven. »Haben Sie das Parfüm der Frau Pützenbach erkannt?«

»Ja, lächelte Paula, »ich bin mir ziemlich sicher! Sie hatte dat jleiche Parfüm an sich, dat ich in Kaisers Büro jerochen hab.«

Oedekoven kaute nachdenklich auf seiner Unterlippe.

»Da haben wir also richtig kombiniert. Es mag ein Zufall sein - oder auch nicht. Sie sollten das der Polizei unbedingt mitteilen. Vielleicht hat die Pützenbach doch etwas mit dem Tod von Kaiser zu tun.«

Dann sah Oedekoven auf seine Armbanduhr.

»Ach, herrje!« sprang er unvermittelt auf. »Ich habe ganz vergessen, daß ich mit meiner Frau einkaufen fahren wollte. In einem Supermarkt in Sankt Augustin. Zum Glück haben die was länger auf. Ich muß gehen. Es war interessant, mit Ihnen zu reden! Vielleicht fangen wir den Täter noch vor der Polizei!« lächelte er, nahm Paulas Hand, die er geistesabwesend drückte. Dann eilte er aus der Wohnung.

10. Februar, Mittwoch vor Weiberfastnacht

36.

Wir müssen sie irgendwie schützen

Zufällig war Susanne Brentano an ihrem Arbeitsplatz im Polizeipräsidium, als Paula Kappes bei ihr anrief.

»Also wissen Sie, ich hab ja überlegt, ob ich anrufen soll. Wegen der verlorenen Handtasche war die Polizei ja nicht gerade nett zu mir. Aber bei Ihnen glaubt man gar nicht, daß Sie von der Polizei sind.«

»Danke«, sagte Brentano freundlich, »was wollten Sie mir denn mitteilen?«

»Also, wissen Sie. Der Oedekoven und ich, wir haben uns so unsere Jedanken jemacht. Und ich hab ihm von dem Parfüm erzählt. Dat ich dat im Büro von dem toten Kaiser gerochen hab. Sie wissen ja. Da hab ich jedacht, dat vielleicht die Pützenbach, also die Frau über mir, dat Parfüm benutzt - «

Auf einmal wurde Susanne Brentano hellwach, sie hatte schon zuerst gedacht, daß die Frau Kappes ihre Zeit nur mit einem Kläfchen totschlagen wollte. Aber nun klingelte es bei ihr.

»Und Sie haben festgestellt, daß Frau Pützenbach Arpège benutzt!« ergänzte Susanne Brentano.

»Jenau so is et!« sagte Paula Kappes.

»Gut, daß Sie mir das mitgeteilt haben«, sagte Brentano, »aber behalten Sie diese Erkenntnis möglichst für sich.«

»Aber der Oedekoven weiß Bescheid«, meinte Paula.

»Ich werde mich wieder melden, danke für den Anruf«, verabschiedete sich Susanne Brentano und verließ sofort ihr Büro, um Hartung aufzusuchen. Der saß an seinem Schreibtisch und wühlte in Akten.

Da niemand anderes im Büro war, sagte Hartung lächelnd: »Hallo, mein Schatz, schön, daß du mich besuchst.«

Susanne ging zu ihm und gab ihm einen schnellen Kuß auf die Wange, und dann berichtete sie kurz und präzise von dem Anruf der Paula Kappes.

»Interessant, interessant«, sagte Hartung, steckte den Filzstift mit dem Ende in den Mund und kaute darauf nachdenklich herum. »Wenn das Parfüm nicht allzu häufig benutzt wird, wovon wir einmal ausgehen wollen, dann besteht die große Wahrscheinlichkeit, daß diese Elvira Pützenbach - Mahlmann hat sie uns beschrieben - in der Mordnacht in Kaisers Büro war. Und vielleicht hat sie etwas mit seinem Tod zu tun - «

»Oder sie war dabei, als jemand Kaiser umgebracht hat. Wie heißt noch einmal der Mann, der in der fraglichen Nacht bei der Frau war?« fiel Susanne Brentano ihm ins Wort.

Hartung blätterte in einer Akte. »Hier«, sagte er, »Carolus B. Hillenkamp!«

»Der hatte eine Gelegenheit, den Kaiser umzubringen, er war die ganze Nacht im Haus«, sagte Susanne Brentano, »ich kenne Mahlmanns Gesprächsnotiz.«

Hartung erhob sich und ging in seinem Büro hin und her.

»Wir haben bislang noch kein Motiv, warum Kaiser umgebracht wurde. In seinem Büro haben wir keine Hinweise gefunden. Aber bei der Hausdurchsuchung wurde das Kokain entdeckt, und du hast das Buch gefunden mit der ominösen Kapitelunterstreichung, wo einer den Kopf aus der Schlinge zieht. Traf das auch auf Kaiser zu? Mußte er seinen Kopf aus einer Schlinge ziehen?«

»Wir sollten mit einigen Leuten ausführlich reden«, sagte Susanne Brentano.

»Ja«, blieb Hartung bei ihr stehen und legte seine Hand nachdenklich auf ihre Schulter. »Rede du noch einmal ausführlich mit der Frau Kappes. Ach blöd, morgen ist ja Weiberfastnacht! Versuche trotzdem, sie zu Hause zu sprechen. Dann ist dieser Hausverwalter zur Vernehmung geladen. Schließlich müssen wir uns diese Elvira Pützenbach noch einmal vorknüpfen. Wir werden sie für Freitagmorgen vorladen, sagen wir, neun Uhr, solche Damen muß man schon mal aus dem Bett werfen!«

Er grinste Susanne an, die verstehend lächelte. Sie kannte ihren Karl, der kam sich bei solchen kleinen Späßchen ganz verrucht vor.

»Und dann müssen wir mit diesem Hillenkamp sprechen. Wohnt in ner teueren Gegend. Ist vielleicht wer, hat vielleicht Geld. Ich werde ihn zu Hause besuchen und ihm einmal auf den Zahn fühlen. - Gut, daß du gleich zu mir gekommen bist. Aber noch was. Wenn diese Frau Pützenbach etwas mit dem Tod des Immobilienmaklers zu tun hat, dann ist die Frau Kappes vielleicht in Gefahr. Dann ist sie eine wichtige Zeugin. Ich glaube, wir müssen sie schützen. Bitte nimm das in die Hand. Rede noch einmal mit ihr. Und bring sie irgendwie in Sicherheit, bis der Fall abgeschlossen ist. Nicht, daß der alten Dame was passiert. Kümmere dich um sie. Du hast freie Hand.«

Susanne Brentano nickte und verließ nachdenklich das Büro. Ja, sie mußte sich um Paula Kappes kümmern.

10. Februar, Mittwoch, gegen 17 Uhr

37.

Die könnten Sie doch für ein paar Tage besuchen

Es war Mittwoch später Nachmittag, als Susanne Brentano den Privatwagen, den sie sich mit Hartung teilte, vorschriftswidrig auf dem Bürgersteig parkte. Im Auto lag ein Sonderausweis.

Paula Kappes ließ sie herein, sie hatte nach dem Telefonanruf mit dem Besuch gerechnet.

»Ich möchte mich noch einmal ein bißchen mit Ihnen unterhalten, ich hoffe, ich falle nicht lästig«, sagte Susanne Brentano und lächelte Paula freundlich an.

»Dann kommen Se mal errein«, sagte Paula.

»`N Tässchen Kaffee? Oder ein Weinchen? Morgen is doch Weiberfastnacht«, fragte Paula, als sie in der Küche am Tisch saßen. Fritz, der Hund, ließ sich nicht bei seinem Schläfchen stören.

»Vielleicht nen dünnen Kaffee, es ist ja schon bald Abend, sonst kann ich nicht schlafen«, lächelte Susanne.

»Se sind doch noch ne junge Frau, Sie können bestimmt wat vertragen«, meinte Paula und hantierte mit der Kaffeemaschine.

Die beiden Frauen waren inzwischen miteinander vertraut. Paula hatte ihre Reserve abgelegt.

Als beide von ihrem Kaffee getrunken hatten, sagte Susanne: »Es war richtig, daß Sie mich wegen des Parfüms angerufen haben. Das kann sehr wichtig sein. Erzählen Sie mir doch bitte, wie Sie dahinter gekommen sind.«

Paula berichtete.

»Aber Sie haben der Frau Pützenbach nicht gesagt, daß Sie das Parfüm in dem Büro und dann auch bei ihr gerochen haben?«

»Nä! Ich bin doch nicht blöd!« sagte Paula treuherzig, »womöglich hat die wat mit dem Tod von Kaiser zu tun, ich will doch keinen Ärger kriegen!«

»Ja, - da müssen wir drüber reden«, sagte Susanne ernst, »aber erzählen Sie mir doch noch einmal möglichst genau, was Ihnen Besonderes von Donnerstagabend bis Freitagmorgen vergangener Woche, als Sie den Toten fanden, aufgefallen ist.«

Paula berichtete noch einmal ausführlich, sie hatte es nun schon mehrere Male getan. Susanne machte sich Notizen, aber sie hatte nicht das Gefühl, Neues erfahren zu haben.

»Ein prima Kaffee«, sagte Susanne, zum einen stimmte es, zum anderen wollte sie ein wenig ablenken.

»Die Polizei prüft das Umfeld, vielleicht gibt es da eine Verbindung zwischen dem grauhaarigen Herrn, der Frau Pützenbach besucht hat, und Kaiser. Mehr will ich Ihnen nicht verraten, die Polizei sieht bisher nur einen kleinen Lichtschimmer am Ende des Tunnels. Und wenn Frau Pützenbach mit drinsteckt, dann sind Sie vielleicht in Gefahr, Frau Kappes.«

»Ach Quatsch, wat kann mir alter Schachtel schon passieren!«, lachte Paula trocken, das Lachen hatte aber doch einen kleinen Ton von Unsicherheit.

»Ich will es Ihnen sagen«, meinte Susanne ernst, »mir wäre wohler, wenn ich wüßte, daß Sie die nächsten Tage irgendwohin verschwänden.«

»Und wie stellen Sie sich dat vor? Morjen ist doch Weiberfastnacht, da geh ich auf jeden Fall hin! Da kann et tote Katzen regnen«, meinte Paula.

»Sie haben mir doch erzählt, daß Sie in Bonn eine Schwägerin haben, Frieda Klapperich heißt die, nicht wahr? Die könnten Sie für ein paar Tage besuchen, sagen wir bis Aschermittwoch, dann ist vielleicht auch die Suche nach dem Mörder von Kaiser vorbei, und Sie haben wieder hier ihre Ruhe. Na, wäre das kein Vorschlag?«

Paula sah Susanne Brentano lange an. Sie überlegte.

»Vielleicht haben Se recht«, sagte dann Paula und grinste ein bißchen gequält. »Aber ich muß vorher die Frieda anrufen.«

Paula Kappes stand auf und ging in den Flur. Nach einer Weile hörte Susanne Brentano, wie Paula sprach, sie verstand nur ein paar Gesprächsfetzen.

»Es geht klar«, sagte Paula, als sie wieder in die Küche kam, »et Frieda sagt, sie freut sich, dat wir Karneval zusammen feiern. Wissen Se, ihr Mann, dat Jösefchen, dat ist so ein steifer. - Wann fahren wir dann?« für sie war es selbstverständlich, daß Susanne Brentano sie zu Frieda brachte. Aber Susanne fühlte sich gar nicht überrumpelt, langsam gefiel ihr die direkte Art der Frau.

»Ich muß mir nur ein paar Sachen zusammensuchen, auch mein Karnevalskostüm«, sagte Paula nun eifrig.

»Machen Sie nur, ich warte auf Sie«, sagte Susanne, sie bückte sich, um Fritz, den Hund, zu streicheln. Ach, ja, das war ja auch noch ein Problem. Mußte die Frau Kappes den Hund eben mit zu ihrer Schwägerin nehmen!

11. Februar, Weiberfastnacht, Donnerstagmorgen, 11 Uhr 11

38.

Sie mußte jedenfalls dringend Pipi machen

Der Platz vor dem Beueler Rathaus war seit Stunden gerammelt voll, er war überwiegend von bunt kostümierten Frauen, heute Weiber genannt, bevölkert. Einige Männer hatten sich mutig dazwischen begeben, die klügeren von ihnen hatten sich in Frauenkleider gezwängt. Andere Männer hatten sich schon zu Hause eine abgeschnittene Krawatte umgebunden, war es doch alter Brauch, die Krawatten brutal zu kürzen. Wurde da etwa eine Entmannung angedeutet?

Paula und Frieda hatten sich beide als Wäscherinnen verkleidet. Da es ziemlich kalt war, hatten sie sich unter den Kleidern wohl verpackt. Und ein kleines Fläschchen als Wegzehrung, Muntermacher und Stimmungsbringer war selbstverständlich auch dabei. Frieda trug einen kleinen Korb, in dem sie die flüssige Nahrung und ein paar Berliner transportierte. Sie waren mit dem Bötchen zur Beueler Rheinseite gefahren und den Rest zu Fuß gelaufen. Es waren eine Menge Jecken unterwegs.

Der Wieverfastelovend feierte in diesem Jahr seinen 175. Geburtstag.

In Beuel fladdere de Botze hieß das Motto der Weiberfastnacht. In einem *Zoch* waren die Damenkommitees zum Rathhausplatz gezogen und dabei eine Menge Kamelle unters jubelnde Volk geworfen.

Vor dem Beueler Rathaus war eine Empore aufgebaut. Noch verteidigten dort einige männliche Amtsträger die Stellung. Als Wäscherinnen verkleidet, wollten sie geballte Frauenmacht auf ihrer Festung vortäuschen und Wäscherprinzessin Anja I. mit ihren lieblichen (aber zu allem entschlossenen) Wäscherinnen ablenken. Nicht schlecht war der Plan von Petronella (alias Bürgermeister Otto Kranz), et Trina (Bürgermeister Peter Müller), Billa (Bezirksvorsteher Konrad Löhlein und et Stina (stellvertretender Bezirksvorsteher Hans Lennarz). Sie hatten sich als reizende Wäscherinnen zurechtgemacht und konnten damit zunächst die zum Sturm bereiten Wiever täuschen. Oberbürgermeisterin Bärbel Dieckmann, die vom Rathausbalkon der Wäscherprinzessin Anja I. mit dem Schlüssel siegessicher zuwinkte, mußte dann aber schockiert feststellen, welch schurkischen Plan die vier Holden ausheckten. Urplötzlich umzingelten sie die Oberbürgermeisterin und seiften sie mit viel Schaum ein. Das Quartett hatte aber nicht mit der weiblichen List gerechnet. Die Männer in Frauenkleidung ließen sich tatsächlich zu einem Wettwaschen herausfordern, glitten die Rutsche hinab, und während sie sich von der bereitgestellten Reizwäsche ablenken ließen, hatten Anja I. und ihr Gefolge, darunter natürlich auch die Obermöhn Evi Zwiebler, leichtes Spiel, ins Rathaus zu gelangen. »Wer sind jetzt die Eingeseiften, ihr Schaumschläger?« riefen ihnen Anja und Bärbel zu und hielten der triumphierenden Narrenmenge den eroberten Rathausschlüssel entgegen.

Und jetzt wurde auf dem Platz geschunkelt und gesungen. Und immer wieder *hatte der Sultan Doosch und die Karawane zog weiter!*

Paula und Frieda waren auf ein Grüppchen Frauen gestoßen, bei denen sich auch Paulas Freundin Josefa befand. Sie standen in einer kleinen Reihe, hakten sich unter, schunkelten und sangen die Lieder mit. Und auch ein paar alte Schlager waren dabei: *Jetzt hätt dat Schmitze Billa in Poppelsdorf en Villa!*

Als sie eine Weile geschunkelt und gesungen hatten, verspürte Paula eine menschliche Regung, vielleicht hatte sie sich auch ein bißchen die Blase verkühlt. Sie mußte jedenfalls dringend Pipi machen. Sie brüllte Frieda ins Ohr, denn auf dem Platz war es so laut, daß man kaum sein eigenes Wort verstand, daß sie mal verschwinden müsse, sie solle hier auf sie warten. Paula quetschte sich durch das Narrengedränge, nur einmal im Jahr war hier soviel los, und strebte zum Eissalon Olivotti auf der Friedrich-Breuer-Straße.

11. Februar, Donnerstagmittag, 12 Uhr

39.

Ich jonn ens noh em luere!

»Wo bliev denn dat Paula?« fragte Josefa Hubbelrath, sie mußte fast schreien, um sich bei Frieda verständlich zu machen, denn auf dem Beueler Rathausvorplatz war nach wie vor die Hölle los.

»Dat moot op et Häus´che, dat hätt sich bestimmb verloofe!« rief Frieda zurück.

Als aber Paula nach einer Stunde immer noch nicht zurück war, machte sich Frieda Sorgen. Gestern abend hatte sie Paula im Wohnzimmer einquartiert. Die Couch war zum Schlafen breit genug. Es sollte ja auch nur für ein paar Tage sein. Sie hatten sich über den Toten unterhalten, den Paula gefunden hatte. Die Kriminalbeamtin hatte ihr das Nötige erklärt. Und auch Hund Fritz war versorgt. Friedas Ehemann *Jösefchen* hatte versprochen, sich um ihn zu kümmern.

Frieda wurde immer unruhiger, je länger Paula wegblieb.

»Ich maach mir Sorjen um et Paula«, rief Frieda Josefa ins Ohr, »ich jonn ens noh em luere!«

»Ich kumm met«, entschied Josefa.

11. Februar, Donnerstagnachmittag

40.

Dann starrte sie wieder geradeaus

Susanne Brentano legte nachdenklich den Hörer auf. Frieda Klapperich, die Schwägerin von Paula Kappes, hatte angerufen. Das mußte sie unbedingt mit Karl Hartung bereden. Darum traf es sich gut, daß sie verabredet waren, um Carolus Hillenkamp, den Freund von Elvira Pützenbach, zu besuchen. Es war eine Fahrt ins Blaue, denn sie waren nicht einmal sicher, ob sie ihn antreffen würden.

Hartung trat in Susannes Büro: »Hallo, mein Schatz, so nachdenklich?«

Susanne Brentano nickte: »Stell dir vor, soeben hat die Schwägerin von Paula Kappes angerufen, sie waren zusammen zur Weiberfastnacht vor dem Beueler Rathaus. Da wollte Paula Kappes aufs Klo, seitdem ist sie verschwunden.«

»Du meinst, das ist was Ernstes? Kann es nicht sein, daß sie Karneval feiert, einfach so verschüttgegangen ist? Das soll doch Weiberfastnacht noch anderen Frauen passieren. Und daß du hier so nüchtern rumsitzt, wundert mich auch ein bißchen. Voriges Jahr hast du mit Kolleginnen gefeiert«, lächelte Hartung.

Susanne grinste verkniffen zurück, manchmal ging ihr seine betulich väterliche Art auf den Wecker, sie fühlte sich dann wie seine Tochter und nicht wie seine Partnerin, beruflich wie privat.

»Keine Lust«, sagte sie wenig gelaunt. »Ich fühle Verantwortung für diese Frau Kappes, schließlich habe ich sie zu ihrer Schwägerin gebracht, um sie für ein paar Tage aus dem Verkehr zu ziehen. Dann gehen die beiden zur Weiberfastnacht, und jetzt sieht es so aus, als sei die Frau verschwunden.«

Hartung schaute sie ernst an: »Warten wir bis heute abend, wenn sie bis dahin noch nicht wieder aufgetaucht ist, werfen wir den Apparat an. In Ordnung? Aber laß uns jetzt zu diesem Carolus Hillenkamp fahren. Ich war im übrigen nicht untätig. Stell dir vor, ich habe erfahren, daß das Haus, in dem Frau Kappes wohnt und in dem der Tote gefunden wurde, im Grundbuch auf den Namen von Hillenkamp eingetragen ist. Und auch das Haus in Vilich-Müldorf, wo Kaiser wohnte, gehört diesem Mann, der offenbar nicht ganz unvermögend ist. Er hat eine Ex- und Importfirma, die Carolus Impex, Geschäftsadresse in Bonns Konrad-Adenauer-Allee. Und der Hausverwalter für beide Häuser - und was sonst noch - ist dieser unangenehme Typ Holthausen. Einer, der mehr nach einem Hausmeister fürs Grobe und weniger nach einem Hausverwalter aussieht.«

»Und die Elvira Pützenbach ist Hillenkamps Geliebte, sie hat eine Wohnung in seinem Haus in der Rheinaustraße. Vielleicht ist sie ihm mehr als Geliebte. So langsam werden die Beziehungen klar«, nickte Susanne Brentano. Sie stand auf: »Gut, fahren wir zu diesem Hillenkamp.«

Jetzt, Donnerstagnachmittag, war auf den Straßen nach Beuel und Sankt Augustin ausnahmsweise nicht viel Verkehr. Es waren wohl nicht nur Frauen, die sich für diesen Tag freigenommen hatten. Sie brauchten nur eine gute Viertelstunde vom Polizeipräsidium bis nach Hangelar-Niederberg. Sie fuhren langsam durch die kleinen Straßen am Berghang entlang und suchten das Haus von Hillenkamp.

Endlich fanden sie es, was nicht so einfach war, denn es hatte nicht einmal eine Hausnummer. Das Gebäude war eher eine Villa, weit vom Straßenrand gelegen. Ein strahlend weißes Haus mit einem dunkelroten Walmdach und vollausgebautem ersten Stockwerk. Sprossenfenster, vor einer breiten Fensterfront im ersten Stockwerk ein riesiger Balkon, mehr eine Terrasse. Vor dem Haus ein perfekt gepflegter Rasen, eine geschwungene Auffahrt zu einer Doppelgarage und zum Hauseingang, der einige Stufen höher lag.

Hartung ließ den Wagen am Bürgersteig stehen. Sie stiegen aus und gingen einen leichtansteigenden Weg, der mit Bruchsteinplatten belegt war, zum Hauseingang.

Über einer blankpolierten Messingklingel war ein ebensolches Namensschild: *Hillenkamp.*

Susanne drückte auf den Klingelknopf.

Unvermittelt öffnete eine junge Frau im schwarzen Kleid mit Spitzenschürze und Spitzenhäubchen auf den kurzgeschnittenen dunklen Haaren, offenbar das Hausmädchen: »Guten Tag«, sagte sie mit einem etwas fremdländischen Akzent.

»Wir möchten bitte Herrn Hillenkamp sprechen«, sagte Susanne.

Da wurde das Hausmädchen von hinten beiseitegeschoben, und eine Frau wurde sichtbar.

»Wwas - is?« lallte die Frau. Sie war Ende fünfzig, ein Hausanzug zeigte, daß sie ein wenig füllig war, die grauen Haare hatten einen violetten Schimmer.

»Wwas - is?« fragte wieder die Frau. Dem Hausmädchen war der Auftritt seiner Herrschaft peinlich, und sie versuchte, die Tür zuzuziehen. Aber die Dame war energisch: »K- kommen Sie rein!« machte sie mit einem Arm einen großen Bogen, wobei sie soviel Schwung gab, daß sie beinahe das Gleichgewicht verlor. Aber sie fing sich auch ohne die Hilfe des Hausmädchens: »Kommen Sie rein!«

Jetzt zuckte das Hausmädchen mit den Schultern und gab die Tür frei.

Susanne Brentano und Karl Hartung traten ein. Das Mädchen zeigte den Weg zu einem übergroßen Wohnraum. Frau Hillenkamp hatte wohl einen etwas nüchternen Moment erwischt und folgte.

»Bitte - Platz zu nehmen«, sagte sie und zeigte mit erstaunlicher Grazie auf die Polstergruppe aus schwarzem Leder.

»Frau Hillenkamp«, sagte Susanne Brentano, »wir wollten eigentlich Herrn Hillenkamp sprechen, wir sind von der Bonner Kriminalpolizei.«

Die Frau ließ sich in einen Sessel fallen: »Aha, der Herr Hillenkamp.«

Eine Welle von Alkohol schwappte in ihrem Gehirn und trübte ihr Denkvermögen. Sie verdrehte ein wenig die Augen.

Der Fernseher lief laut und berichtete von verschiedenen Weiberfastnachtsveranstaltungen.

»Mach den Kasten aus!« sagte sie zu dem Hausmädchen, »und dann verschwinde!«

Das Mädchen gehorchte.

»Die steht bestimmt noch hinter der Tür - macht nichts«, lallte Frau Hillenkamp und lachte, als habe sie einen Witz gemacht.

»Ihr Mann ist nicht da?« fragte Hartung.

»Mein Mann? Hab keinen Mann. Das ist der Mann, mit dem ich - verheiratet bin. Nein, der ist nicht da«, sagte die Frau in einem bitteren Ton.

»Mein Mann, dieser Mann, hat eine Konkubine, eine Mätresse, eine Geliebte, eine Hure. Das hat mein Mann. Dieser Mann. Was wollen sie von Caro wissen? Ich werde Ihnen alles sagen, was Sie wissen wollen.«

»Sie wissen also, daß Ihr Mann ein Haus in Beuel hat, und daß dort eine Frau lebt - ?« frage Susanne.

»Das weiß ich schon lange. Kann ich es verhindern? Der Vater meiner Kinder? Was soll ich machen? Mir nen neuen Mann suchen? Ne Zeitungsanzeige aufgeben? Sagen Sie ehrlich: wer will so was wie mich?«

Die Frau fiel in sich zusammen, sie hockte da wie ein kleines Kind und begann herzzerreißend zu schluchzen. Susanne wollte aufstehen, Hartung hielt sie mit der Hand zurück.

Dann richtete sich die Frau wieder auf, wischte sich mit dem Handrücken durchs Gesicht, daß sich Mascara und Make-up verschmierten. Sie riss sich zusammen.

Das Hausmädchen kam mit einem Tablett herein, auf dem eine Kaffeekanne und Kaffeetassen standen. Es stellte alles auf einem kleinen Tisch ab, goß eine Tasse ein und gab Frau Hillenkamp zu trinken. Diese trank gehorsam die Tasse leer.

»Möchten Sie auch Kaffee?« fragte das Mädchen und schaute die Besucher an. Beide schüttelten den Kopf.

»Danke«, sagte Frau Hillenkamp, und das Mädchen verließ das Zimmer.

»Mein Mann verdient eine Menge Geld, ich weiß nicht, wie. War mir bisher egal. Die Hauptsache, ich kann gut leben. Und ich hab doch alles!« Wieder verzog sie bitter den Mund.

»Ich weiß, daß in dem Haus in Beuel ein Mann umgekommen ist«, sagte die Frau unvermittelt. »Und es würde mich nicht wundern, wenn mein Mann damit zu tun hat. Kaiser heißt der Mann, nicht wahr? Es stand was in der Zeitung. Der Kaiser war schon mal hier. Mehrmals. Sie haben über Geschäfte geredet. Zuletzt hatten sie Streit. Ich habe sie reden gehört, obwohl es mich nicht interessiert hat. Anfang voriger Woche war das. Sie haben zuletzt gestritten. Mein Mann hat gedroht. Ganz klein war dieser Kaiser. Von irgendeiner Frist war die Rede. Hätte ich gewußt, daß was passieren würde, hätte ich genauer hingehört. Sie sind von der Polizei und wollen herausbekommen, wer Kaiser umgebracht hat. Nicht wahr? Fragen Sie mal meinen Mann!«.

Frau Hillenkamp saß jetzt steif da und starrte an den beiden vorbei, als wären sie nicht im Raum.

Eine ganze Weile saß sie so da und war nicht ansprechbar.

Susanne Brentano und Karl Hartung erhoben sich, blieben einige Augenblicke vor Frau Hillenkamp stehen.

»Können Sie uns sagen, wann Ihr Mann wieder im Hause ist, oder wo wir ihn erreichen können?«

Die Frau zuckte nur die Achseln, dann sagte sie leise: »Vielleicht ist er bei diesem Weib in Beuel und feiert mit ihr Fastnacht. - Und sagen Sie nie wieder *Ihr Mann!* Ich habe keinen Mann. Ich hoffe, daß Sie ihn einsperren, daß die Ratten an ihm nagen, und daß die Würmer ihn zerfressen. Kommen Sie wieder, wenn Sie was wissen wollen.«

Dann starrte sie wieder mit leeren Augen geradeaus.

12. Februar, Freitagmorgen

41.

Sie spinnen wirklich

Von Paula Kappes fehlte noch immer jede Spur. Kriminalhauptkommissar Hartung hatte alles in die Wege geleitet, um nach ihr zu suchen. Sogar die Presse hatte er eingeschaltet und gebeten, ein Suchfoto abzudrucken, aber das konnte frühestens in der Samstagausgabe erscheinen. Er machte sich Vorwürfe, er hatte es nicht für möglich gehalten, daß ihr Leben möglicherweise in Gefahr war. Aber vielleicht war das auch eine Bestätigung, daß sie eine wichtige Zeugin war. Der Täter war unsicher geworden. Es war zu hoffen, daß er unvorsichtig wurde und sich verriet. Aber noch hatten sie keine sichere Spur. Sie mußten alle Möglichkeiten offenhalten.

Der Hausverwalter Holthausen war zur Vernehmung geladen und pünktlich um neun Uhr erschienen. Auch Elvira Pützenbach war der Aufforderung gefolgt. Hartung hatte dafür gesorgt, daß beide in getrennte Vernehmungsräume gebracht wurden.

Zuerst wollte er mit Frau Pützenbach sprechen, der Hausverwalter konnte noch ein bißchen schmoren.

Hartung hatte Susanne Brentano und Mahlmann zur Vernehmung dazugebeten. Elvira Pützenbach hatte sich in etwas Dezentes geworfen, trotzdem quoll die Erotik aus allen Nähten. Jetzt saß sie auf einem Stuhl vor Hartungs Schreibtisch.

»Fein, daß Sie gekommen sind«, lächelte Hartung ein wenig hinterhältig, er hatte nicht das Zeug zu einem Charmeur. Vielleicht hätte er Mahlmann reden lassen sollen. Der stand an den Türrahmen gelehnt. Es konnte ja auch sein, daß Frau Pützenbach plötzlich unaufgefordert den Raum verlassen wollte.

»Ich bin nicht freiwillig gekommen«, sagte Elvira Pützenbach spitz, richtete sich noch steiler auf, saß auf der Stuhlkante und zog sich vergeblich den Minirock in Richtung Knie.

»Ein flottes Häschen«, dachte Mahlmann, der einen geübten Blick hatte.

Glaub nicht, daß du Karl damit ablenken kannst, lächelte Susanne in sich hinein.

»Wir wollen es kurz machen«, sagte Hartung trocken. »Schildern Sie uns bitte, was Sie in der Zeit von Donnerstagabend bis Freitagmorgen vorige Woche erlebt haben. Zu Ihrer Erinnerung, in dieser Nacht ist Herr Kaiser zu Tode gekommen.«

»Das habe ich schon mehrmals berichtet. Zuletzt noch Ihrem Kollegen - « Sie sah Mahlmann an. »Also gut. So gegen sechs Uhr abends am Donnerstag bekam ich Besuch von meinem Freund Hilli, also von Herrn Hillenkamp. Wir kennen uns schon länger, man könnte sagen, wir sind verlobt. Er blieb über Nacht.«

»Sie wissen, daß Herr Hillenkamp verheiratet ist?« fragte Hartung.

»Natürlich, was heißt das schon.«

»Wann verließ Herr Hillenkamp das Haus?«

»Ich weiß es nicht genau, aber es war, glaube ich, noch vor sieben Uhr morgens. Herr Hillenkamp hatte geschäftlich zu tun.«

»Kennen Sie Herrn Kaiser, bzw. haben Sie ihn gekannt?« wollte Hartung wissen.

»Nur so als Wohnungsnachbar«, sagte Elvira Pützenbach schnell. Aber Hartung merkte, daß sie die Frage ein wenig beunruhigt hatte.

»Waren Sie schon einmal in seinem Büro?« fragte Hartung und schaute ihr fest in die Augen.

»So hier und da, selten.«

»Warum?«

»Habe ich vergessen.«

»Waren Sie mit Herrn Hillenkamp in Kaisers Büro?«
»Warum wollen Sie das wissen?«
»Gab es eine Geschäftsverbindung zwischen Hillenkamp und Kaiser?« hakte Hartung nach, er stellte seine Fragen schnell hintereinander.
»Ich hab davon gehört. Ich habe mich nicht dafür interessiert.«
»Warum haben Sie sich nicht dafür interessiert, Herr Hillenkamp ist doch Ihr Freund?«
Elvira Pützenbach zuckte die Schultern.
»Stimmt es, daß Sie Herr Hillenkamp aushält? Stimmt es, daß er Ihre Wohnung bezahlt?«
»Das geht Sie nichts an!«
»Stimmt es, daß Sie noch andere Männer haben?« bohrte Hartung nach und starrte die Frau an.
»Das geht Sie erst recht nichts an«, sagte Elvira Pützenbach spitz und kniff die Lippen zusammen.
»Und, hatten Sie mal was mit dem Herrn Kaiser? War Hillenkamp dahintergekommen? Er wollte Sie nicht verlieren, darum hat er Kaiser einen Denkzettel verpaßt!«
»Sie spinnen! Sie spinnen wirklich!« grinste die Frau. »Dieser mickrige Kaiser. Der hatte doch gar nichts drauf. Den konnte man in der Pfeife rauchen.«
»Also hatten Sie doch etwas mit ihm zu tun«, zog Hartung den Schluß.
»Gut, das war bevor ich Hilli kennenlernte.«
»Und wußte Herr Hillenkamp davon?«
»Nein! Und wenn Sie ihm was davon stecken, kratze ich Ihnen die Augen aus!« fauchte die Frau.
»Was benutzen Sie für ein Parfüm?« wechselte Hartung abrupt das Thema.
»Arpège, was soll das?«
»Benutzen Sie das Parfüm immer oder wechseln Sie?« wollte Hartung wissen.
»Nein, ich habs von Hilli geschenkt bekommen, er will, daß ich es benutze, wenn er kommt. Ihn macht das Parfüm an. Warum soll ich ihm den Gefallen nicht tun?«
»Waren Sie in der fraglichen Nacht in der Wohnung von Kaiser?«
»Kein Kommentar!« blieb die Frau eiskalt. Hartung hatte gedacht, er hätte sie soweit, aber er hatte sich geirrt.
»Aber Sie waren in dem Büro! Wir haben Beweise! Darum stehen

Sie in Verdacht, am Tod von Eberhard Kaiser beteiligt zu sein. Wir werden mit Herrn Hillenkamp sprechen. Auch er ist in Verdacht.«

Hartung war aufgestanden, um seiner Feststellung Nachdruck zu verleihen.

»Daß ich nicht lache! Der Hilli! Sie machen mir doch nicht weis, daß der bestätigt, er wäre in Kaisers Büro gewesen!«

»Jetzt haben aber Sie es bestätigt!«, lächelte Hartung böse.

»Frau Elvira Pützenbach. Ihre Aussage wurde protokolliert. Sie werden vorläufig festgenommen. Ich lasse Sie noch heute dem Haftrichter vorführen. Für jetzt sind Sie entlassen.«

Elvira Pützenbach stand auf und schaute Hartung giftig an. Sie kniff die Lippen zusammen, für sie bestimmt eine ungewohnte Bewegung. Mahlmann hielt die Tür auf und ging mit ihr hinaus. Er würde die nötigen Formalitäten erledigen.

Als beide draußen waren, schaute Hartung Susanne Brentano fragend an. Er fühlte sich müde und unzufrieden.

»Die Frau hat was zu verbergen. Aber, ob sie an dem Tod von Kaiser mit schuld ist? Da hab ich meine Zweifel«, sagte Susanne.

»Wir werden sehen«, antwortete Hartung kurz und trocken.

Anschließend hatten sie den Hausverwalter Holthausen vernommen. Aber bei der Vernehmung war nichts neues herausgekommen, weil der Mann es strikt ablehnte, irgendetwas auszusagen. Er wollte wissen, was gegen ihn vorläge und verlangte einen Anwalt.

Hartung hatte genervt aufgegeben. Er fühlte sich auf der falschen Fährte, ohne einen Beweis dafür zu haben.

Er mußte unbedingt mit Hillenkamp reden, hatte aber keine Lust dazu. Darum beauftragte er Mahlmann damit. Wenn Mahlmann nicht weiterkam, konnte er Hillenkamp immer noch zu einer Vernehmung vorladen.

Als er allein mit Susanne im Büro war, sagte er: »Ich bin irgendwie fertig und unkonzentriert. Ich hab keinen Riecher, mir ist, als hätte ich einen auf die Nase bekommen. Ich brauche frische Luft. Ich muß mein Gehirn durchpusten. Komm, wir machen eine kleine Spazierfahrt. Wir hinterlassen an der Zentrale, wir seien zu einer Vernehmung.«

Susanne nickte, sie kannte ihn gut genug. Es war oft so, wenn ein Fall zum Abschluß drängte, dann wurde Hartung nervös, unleidig, rastlos. Dann durfte sie nicht viel reden, sie mußte einfach nur da sein.

Und wenn sie sich beide in ihr Heim in der Bonner Südstadt verkrochen, dann zwangen sie sich dazu abzuschalten.

Hartung fuhr hinauf zum Venusberg und parkte den Wagen in der Nähe der Casselsruhe. Susanne hakte sich bei Hartung ein, und sie wanderte über die Waldwege. Es begegneten ihnen nur wenige Menschen. Aber die frische Luft tat ihnen gut. Erst auf dem Rückweg nahmen sie ein Gespräch auf.

»Wir müssen diese Frau Kappes finden«, sagte Hartung. »Es ist doch kein Zufall, daß sie ausgerechnet jetzt verschwunden ist. Da hat jemand kalte Füße bekommen. Die Frau weiß was. Vielleicht kennt sie den Mörder von Kaiser. Aber, wie finden wir die Frau? Haben wir etwas Wichtiges übersehen? Können wir den Täter überführen? Oder können wir eine Falle stellen?«

»Wir haben vielleicht etwas wichtiges übersehen, weil wir uns auf die Pützenbach und den Hillenkamp konzentriert haben. Mir fällt ein, daß wir in Kaisers Wohnung in Vilich-Müldorf Kokain gefunden haben. Die alte Frau in dem Haus hat von Besuchern gesprochen. Und Frau Kappes hat von jungen Leuten gesprochen, die Kaiser aufgesucht haben. Ja, sie hat sogar gesagt, daß sie in der fraglichen Nacht zwei Männer aus dem Haus hat kommen sehen. Einen davon will sie wiedererkannt haben. Alles deutet darauf hin, daß Kaiser mit Rauschgift gehandelt hat«, gab Susanne zu bedenken.

»Ja«, nickte Hartung, »vielleicht brauchen wir einen ganz neuen Ansatz.«

Sie waren am Auto angelangt und fuhren ins Polizeipräsidium zurück.

42.

Wird es etwas bringen, wenn wir ihn hier weichklopfen?

Kriminalinspektor Mahlmann wartete schon auf Hartung.

»Sie haben mit Herrn Hillenkamp gesprochen?« fragte Hartung, »dann berichten Sie mal.«

»Ich habe Hillenkamp in seiner Firma angetroffen, die belegt eine ganze Etage in einem Bürohaus an der Konrad-Adenauer-Allee. Sieht nach Geld aus. Hillenkamps Vorzimmerdame, eine Frau Meuer, wollte mich abwimmeln, aber mit dem nötigen Nachdruck - «, grinste Mahlmann.

»Weiter!«

»Also, ich hab dem Herrn Carolus B. Hillenkamp auf den Zahn gefühlt. Das ist ein Aalglatter, teuere Kleidung, parfümiert. So höflich, daß es schon sarkastisch wirkt. Ich habe ihm auf den Kopf zugesagt, daß er in der fraglichen Nacht bei der Elvira Pützenbach war, und daß er sie aushält. Er hat nur süffisant gelächelt und gefragt, ob mich im speziellen und die Polizei im allgemeinen das etwas anginge. Ja, er habe mit Kaiser einmal geschäftlich zu tun gehabt, aber das sei ein kleiner Fisch. Für ihn eine Nummer zu klein. Er habe die ganze Nacht in Elvira Pützenbachs Wohnung verbracht, er habe sie erst morgens gegen halb sieben wieder verlassen. Und er könne beschwören - er lachte mich dabei an - , daß auch Frau Pützenbach die Wohnung nicht verlassen habe. Ich habe ihn gar nicht erst nach dem Parfüm befragt, wie heißt das noch einmal? Ja, Arpège. Dann hat mich der Herr höflich aber bestimmt hinauskomplimentiert. Er habe einen dringenden Termin mit einem hohen Politiker, und man solle ihn in Zukunft gefälligst in Ruhe lassen. Er habe so seine Verbindungen, was sich wie eine Drohung anhörte. Schon stand ich wieder im Vorzimmer. Die Dame lächelte und brachte mich zum Aufzug. Sie wollte wohl sicher sein, daß ich verschwand.«

»Wird es etwas bringen, wenn wir ihn hier weichklopfen?« fragte Hartung.

Mahlmann hob die Schultern um einen Zentimeter. »Da müßte man schon Fakten oder Beweise haben.«

»Dann werden wir die Frau Pützenbach wohl auch wieder entlassen müssen. Morgen früh ist Haftprüfungstermin, es ist fraglich, ob der Haftrichter die bisherigen Gründe für ausreichend halten wird, die Frau festzuhalten. Die Sache mit dem Parfüm ist wohl doch zu wenig handfest«, sagte Hartung nüchtern.

»Gibt es noch keine Hinweise auf den Aufenthaltsort von Frau Kappes?« wollte Mahlmann wissen.

»Nein, es gibt noch keine Hinweise. Ich mache mir langsam Sorgen um die alte Dame«, sagte Hartung ernst.

12. Februar, Freitagnachmittag

43.

Der ganze Körper tat ihr weh

Paula bewegte sich hin und her, aber es gelang ihr nicht, die Seile, die um ihre Beine und Hände geschlungen waren, zu lockern. Der ganze Körper tat ihr weh von der stundenlangen verkrampften Haltung. Sie konnte nur mühsam atmen, er hatte ihr den Mund mit einem Pflasterstreifen verklebt, mit einem kleinen Loch in der Mitte. Aber noch ärgerlicher war sie über ihre Gutgläubigkeit, sie war richtig wütend, daß ihr fast der Kopf platzte. Gerade ihm hatte sie vertraut.

Als er sie vor dem Beueler Rathaus ansprach, da hatte sie noch nichts dabei gefunden, er war doch ihr Nachbar. Unter dem Vorwand, daß die Kriminalbeamtin zu Hause auf sie wartete und dringend sprechen wollte, hatte er sie zum Mitgehen überredet. Wie konnte sie nur so leicht auf ihn hereinfallen! Daß er dann einen Schlüssel von Kaisers Wohnung hatte, hätte sie hellhörig machen müssen. Sie war ihm wie ein Schaf gefolgt, wie ein dummes Schaf auf dem Weg zur Schlachtbank. Und da hatte er dann sein wahres Gesicht gezeigt. Plötzlich hatte er sie gegriffen und sie mit den Stricken gefesselt. *Jetzt sag, du Alte, was du wirklich mitbekommen hast? Du weißt mehr, als mir lieb ist, du altes Waschweib! Ich weiß noch nicht, was ich mache, aber vorerst mußt du verschwinden,* hatte er gesagt. Und sie hatte seine Stimme nicht wiedererkannt. Er hatte sie in das kleine Zimmer von Kaiser gebracht. Früher war sie neugierig darauf gewesen, daß sie es nun auf diese Weise betreten würde, hatte sie nicht im Traum gedacht. Er hatte sie auf eine Schlafcouch geschoben. Da konnte sie wenigstens liegen. Er hatte die Rolladen heruntergelassen. Das Fenster war nach hinten hinaus, es würde niemandem auffallen. Wenigstens das Licht hatte er angelassen. *Ich werde wiederkommen,* hatte er gesagt. Dann war er aus dem Zimmer und hatte die Tür zugeschlossen.

Er hatte sie allein gelassen in dem kleinen Zimmer, auf das sie einmal so neugierig gewesen war. In der Nacht war er dann wiedergekommen und hatte ihr was zu trinken gebracht, sie mußte es mit einem Strohhalm trinken, den er durch das kleine Loch in dem Mundpflaster geschoben hatte. Dann hatte er ihr die Fesseln abgenommen und zum Klo gebracht. Das Ekel hatte die ganze Zeit an der offenen Klotür gestanden. Dann hatte er sie wieder in das kleine Zimmer gebracht und gefesselt. Das Schwein.

Sie hatte eine schlimme Nacht gehabt. Vor Aufregung aber auch Wut konnte sie kaum einschlafen. Er hatte ihr die Arme auf den Rükken gefesselt und mit den Füßen verbunden. Sie konnte sich nur mit Mühe von der einen auf die andere Seite legen. Nur ganz langsam beruhigte sich ihr Herz, und sie versuchte ihre ohnmächtige Wut zu zähmen. Dann stieg auf einmal die Angst in ihr hoch, was hatte er vor? Würde er sie umbringen? In den vielen Stunden, die sie da lag, hatte sie Zeit nachzudenken, über sich und ihr Leben. An die Zeit mit Friederich, sie hatten oft Streit miteinander, aber im Nachhinein war ihr nun, als sei es doch die glücklichste Zeit ihren Lebens gewesen. Dann mußte sie über ihn nachdenken. Er war so schrecklich freundlich zu ihr gewesen, wo sie vorher doch kaum etwas miteinander zu tun gehabt hatten. Jetzt war ihr klar, daß er sie nur hatte aushorchen wollen. Er hatte den hilfsbereiten Nachbarn nur gespielt und hatte versucht, sie auf eine fremde Fährte zu lenken. Ganz bestimmt hatte er Kaiser umgebracht. Und Paula wurde es heiß, als ihr das klarwurde. Daß er sie eingesperrt hatte, war doch fast wie ein Geständnis. Aber was sollte sie nur von ihm wissen? Er hatte doch gesagt: Sie wissen zuviel. Hatte sie irgendetwas bemerkt, was darauf hinwies, daß er den Kaiser umgebracht hattte? Paula zerbrach sich den Kopf, aber ihr fiel nichts ein.

Sie mußte sehen, daß sie hier herauskam, bevor der Kerl wieder auftauchte. Sie mußte auf sich aufmerksam machen.

12. Februar, Freitag, am frühen Abend gegen 18 Uhr

44.

Ist da wer?

Frau Santini war mit ihrer Tochter Musetta einkaufen gewesen, sie war quengelig, denn sie hatte die Süßigkeiten nicht bekommen, die sie an der Kasse des Supermarktes unbedingt haben wollte.

Frau Santini schloß die Haustür und schob ihre nörgelnde, widerborstige Tochter in den Flur. »Adesso, sta` calma, ricevi una mela presto*«, sagte Frau Santini. Aber Musetta greinte weiter.

So hätte Frau Santini beinahe ein Klopfgeräusch überhörte, das aus dem Immobilienbüro Kaiser kam.

»Carina, sta` zitta!**« sagte Frau Santini und stellte ihre Einkaufstasche ab. Sie näherte sich der Tür und legte ein Ohr daran.

Wieder das Klopfen, das nun deutlicher war.

»Ist da wer?« fragte Frau Santini laut und klopfte gegen die Tür.

Als Antwort kam wieder ein Klopfen.

»Wir müssen Papa fragen«, sagte Frau Santini mehr zu sich, nahm die Einkaufstasche in die rechte und ihre Tochter an der linken Hand und eilte die Treppen hoch.

*

Der Telefonanruf wurde Hartung durchgestellt: »Herr Santini? Ja, ich erinnere mich. Sie haben Klopfzeichen aus dem Büro Kaiser gehört? Sind Sie ganz sicher? Gut. Ich werde sofort einen Beamten vorbeischicken. Danke für den Anruf. Nein, unternehmen Sie vorerst nichts.«

*

---

*»Sei jetzt ruhig, du bekommst gleich einen Apfel.«
**»Süße, sei still!«

Nach zwanzig Minuten bekam Hartung einen weiteren Anruf: »Feldmann, Sie sind es? Das ging ja schnell. Das darf doch nicht wahr sein! Sie haben Frau Kappes gefesselt in Kaisers Büro gefunden?! Ihr geht es einigermaßen? Sie sind jetzt in ihrer eigenen Wohnung? Gut, bleiben Sie bei ihr. Hat sie schon gesagt, wie sie in das Büro gekommen ist? Nein? Ich komme und bringe Frau Brentano mit!«

Erleichtert lehnte sich Hartung zurück. Endlich mal eine gute Nachricht! Aber schon biß er sich auf die Lippen: Wer hatte Frau Kappes eingesperrt? Und ausgerechnet in das Büro von Kaiser?

Dann sprang Hartung auf und eilte in das Büro von Susanne Brentano.

12. Februar, Freitag, 18 Uhr vierzig

45.

Bitte nehmen Sie ihn mit

Feldmann stand im Hausflur, als Hartung und Susanne Brentano erschienen.

»Wie geht es Frau Kappes?« fragte Hartung.

»Sie wollte allein sein. Ich habe ihr angeboten, einen Arzt zu rufen, aber sie wollte nicht«, erklärte Feldmann.

Die Wohnungstür von Paula Kappes war nur angelehnt, Hartung und Susanne gingen hinein. Sie fanden Paula im Wohnzimmer, sie hatte sich auf die Couch gelegt. Sie schaute die beiden müde an. Hartung blieb an der Tür stehen, während Susanne zur Couch ging und sind hinabbeugte: »Na, wie gehts, Frau Kappes? Schön, Sie zu sehen.« Sie gaben sich die Hand.

»Können Sie erzählen, was passiert ist? Sagen Sie uns zuerst nur das Wichtigste«, lächelte Susanne. Aber als sie die Hand von Paula halten wollte, zog diese sie weg und richtete sich halb auf.

»Mir jeht es einijermaßen, mir tun nur alle Knochen weh. Dat Schwein!«

Susanne war wieder aufgestanden, sie hatte gemerkt, daß Paula diese Nähe nicht wollte. »Soll ich Ihnen was zu trinken holen?« fragte sie.

»Nä, nä«, kam nun ein müdes Lächeln auf Paulas Gesicht.

»Jut, ich will et Ihnen erzählen«, sagte sie, richtete sich auf und stellte die Füße auf den Boden. »Also, die Frieda und ich sind, mir sin jestern zur Wieverfastelovend aufem Beueler Rathausplatz und haben da et Josefa und noch andere jetroffen. Mir hatten wirklich unseren Spaß. Da mußt ich mal dringend auf et Häuschen, ich bin zu dem Eissalon. Da stand er doch tatsächlich, fast so, als wenn er auf mich jewartet hätt. Also der Oedekoven. Ich hab mir nichts dabei jedacht, als er sagte, er hätt mich jesucht, de Polizei wär zu Hause, und die wollt mich dringend sprechen. Als mir dann aber im Hausflur waren, sagt er, wir sollten in dat Büro vom Kaiser kommen. Erst später ist mir aufjefallen, dat er die Tür selbst aufgeschlossen hat. Aber wie wir dann in dem Büro waren, da hab ich den Oedekoven nicht mehr wiedererkannt. Er hat mir de Arme festjehalten und hat gesagt: *Jetzt sag, du Alte, was du wirklich mitbekommen hast? Du weißt mehr, als mir lieb ist, du altes Waschweib!* Wat dem einfällt, mich zu duzen? Er hat mich in dat kleine Zimmer gebracht, dann hat er mir die Hände auf den Rücken jebunden, mich dann auf eine Schlafcouch jeschoben und auch die Beine gefesselt. Und ... und auf den Mund hat er mir ein jroßes Pflaster jeklebt, da war nur ein kleines Loch drin, daß ich kaum Luft gekriegt hab. - *Ich werd mir noch überlegen, was ich mit dir mache! Ich komme bald wieder.* Hat der Oedekoven jesagt, ist raus und hat die Tür abjeschlossen. Wenigstens dat Licht hatt er angelassen. - Und dann hat er mich stundenlang liejenjelassen, auch in der Nacht. Mal ist er gekommen und hat mir wat zu trinken jejeben und mich auf et Klo jelassen. Ich wußte jar nicht mehr, wie lang ich da jelegen hab. Dann bin ich mit den jefesselten Füßen an ein Schränkchen jekommen, waj am Fußende stand. Da habe ich dann jejenjetreten. Und dann kam Ihr junger Kollege. Ein wirklich netter, junger Mann.«

»Sie haben dem Beamten das von Oedekoven gesagt?« fragte Hartung.

Paula Kappes schüttelte den Kopf und legte sich wieder hin. »Ich hab zuerst mit Ihnen reden wollen«, sagte sie und schaute freundlich Susanne Brentano an.

»Bleib hier, ich werde mir mal den Herrn vorknöpfen«, sagte Hartung zu Susanne Brentano.

Er ging hinaus und sagte zu Feldmann: »Kommen Sie, wir müssen Herrn Oedekoven festnehmen, der wohnt hier im zweiten Stockwerk.«

Die Wohnungstür wurde ihnen nach einigem Warten aufgemacht. Frau Oedekoven war etwa Mitte dreißig, hatte blaue Jeans und einen dunkelblauen Pullover an, die blonden Haare hatte sie mit einem Band nach hinten gebunden. Im Gesicht sah Frau Oedekoven ziemlich ramponiert aus, ein Auge war blau angelaufen und auf den Wangen und am Kinn hatte sie Blutergüsse, trotzdem erschien Hartung das Gesicht reizvoll. Die Frau mußte etliche Jahre jünger sein als ihr Mann.

»Können wir bitte Ihren Mann sprechen?« fragte Hartung.

Frau Oedekoven öffnete die Tür weit, daß beide Kriminalbeamte eintreten konnten, so, als habe sie auf die Männer gewartet.

»Kommen Sie«, sagte sie leise und ging voraus in das Schlafzimmer. Da lag Oedekoven bäuchlings voll bekleidet auf dem Bett und schlief laut schnarchend. Auch die Schuhe hatte er noch an. In dem Zimmer stand eine Wolke von Alkohol, daß offenes Feuer tunlichst zu vermeiden war.

Hartung ging wieder hinaus in den Flur, da stand Frau Oedekoven an eine Wand gelehnt, man sah, daß sie mühsam um Fassung rang.

»Er hat Sie verprügelt«, sagte Hartung, er brauchte keine Bestätigung.

»Bitte nehmen Sie ihn mit«, sagte die Frau leise.

»Wir stecken ihn in eine Ausnüchterungszelle«, sagte Hartung freundlich und ließ nur ein ganz kleines Lächeln auf sein Gesicht.

»Nachher kommt Frau Brentano, meine - eine Kollegin von mir, zu Ihnen. Sie wird ein paar Fragen stellen.«

Die Frau nickte.

»Bitte nehmen Sie ihn mit«, sagte die Frau noch einmal leise.

13. Februar, Samstagmorgen, 10 Uhr

46.

Er saß wie abwesend da und starrte an Hartung vorbei auf das Bild mit den gelben Blumen

War das die Stunde der Wahrheit?

Kriminalhauptkommissar Karl Maria Hartung saß an seinem Schreibtisch, vor sich die Akte »Tötungsdelikt an Eberhard Kaiser, Immobilienmakler«. Hartung blätterte darin, er tat so, als würde er sich die ermittelten Fakten in Erinnerung rufen. Aber das war nicht nötig, denn er hatte ein vorzügliches Gedächtnis. Er hatte noch nicht einmal die Absicht, den Mann, der da vor ihm saß, zu verunsichern. Er wollte sich konzentrieren, denn er hatte sich vorgenommen, in dieser Stunde einen Mörder zu überführen. Hartung versuchte abzuschätzen, welch harte Nuß er zu knacken hatte. Susanne und Mahlmann würden ihm dabei helfen.

»Herr Oedekoven«, sagte Hartung in einem nüchternen durchaus nicht unfreundlichen Ton, »Herr Oedekoven, dort in der Ecke sitzt eine Kollegin von mir, sie wird unser Gespräch am Personalcomputer protokollieren. Außerdem wird ein Tonbandgerät mitlaufen. Meine Kollegen Frau Brentano und Herrn Mahlmann kennen Sie. Ich muß Sie darauf aufmerksam machen, daß alles, was sie aussagen, gegen Sie verwendet werden kann; Ihnen steht ein Rechtsbeistand zu.«

Albert Oedekoven saß dumpf auf seinem Stuhl vor Hartungs Schreibtisch und machte den Eindruck, als sei er gar nicht anwesend. Er schaute an Hartung vorbei auf die Wand hinter ihm. Da hing ein billiger Druck, gelbe Blumen von van Gogh. Oedekoven starrte auf die gelben Blumen. Sie brannten in seinem Kopf.

»Herr Oedekoven, möchten Sie einen Kaffee? Haben sie einen Kater? Gestern abend waren Sie ganz schön angetrunken«, Hartung gestattete sich ein ganz kleines Lächeln.

Oedekoven riß sich einen Moment zusammen, blickte Hartung kurz an, um gleich wieder von den gelben Blumen magisch angezogen zu werden.

»Susanne?« sagte Hartung, es war die Aufforderung an sie, mit der Vernehmung zu beginnen.

Susanne Brentano sah Oedekoven ins Gesicht: »Ich habe gestern abend mit Ihrer Gattin gesprochen. Eine nette Frau haben Sie. Aber sie haben es ihr in der letzten Zeit nicht leicht gemacht. Stimmt es, daß Sie jähzornig sein können? Stimmt es, daß sie besonders jähzornig sein können, wenn Sie eifersüchtig sind?«

Odekoven sah Susanne kurz an und sagte lakonisch: »Weiß nicht, was Sie meinen.«

»Sie haben Ihre Frau mehrere Male ins Gesicht geschlagen, sie hat blaue Flecken. Herr Odekoven, ich mag keine Männer, die ihre Frauen schlagen!« Susanne war böse, sie mochte diesen Mann nicht, aber das hinderte sie nicht am klaren Denken.

»Weiß nicht, was Sie meinen«, sagte wieder Odekoven, er versuchte zu grinsen, rutschte aber zugleich auf seinem Stuhl hin und her, da er sich unwohl fühlte.

»Sie haben Ihre Frau geschlagen, weil Sie eifersüchtig sind. Warum haben Sie denn gestern oder vorgestern Ihre Frau geschlagen? Da war Kaiser doch schon tot!«

»Weiß nicht, was Sie meinen«, sagte wieder Odekoven.

»Natürlich verstehen Sie, was ich meine«, lächelte Susanne bitter. »Ihr Ehesegen hängt schon lange schief. Wegen ihrer krankhaften Eifersucht und ihrer Gewalttätigkeit will sich Ihre Frau von Ihnen scheiden lassen. Wissen Sie nicht, daß Ihre Frau bereits Kontakt zu einem Rechtsanwalt aufgenommen hat? Ganz bestimmt wissen Sie das. Mich wundert, daß sie immer noch bei Ihnen wohnt. Ich hielte es keinen Tag bei einem Mann aus, der mich schlägt!«

Susanne schaute Hartung an, ein Lächeln blitzte in ihren Augen: *Nein lieber Karl, du würdest dich nie zu so etwas hinreißen lassen!*

»Durch Zufall haben Sie erfahren, daß Ihre Frau bei Kaiser, dem Immobilienmakler war. Wann war das? War es Donnerstag voriger Woche? Natürlich haben Sie sich gleich eingebildet, Ihre Frau habe ein Verhältnis mit Kaiser. Sie haben Ihre Frau zur Rede gestellt und sie gleich wieder verprügelt. - Wissen Sie, warum Ihre Frau soviel Make-up verwendet? Nur damit man die blauen Flecken nicht so sieht!«

Susanne Bretano ärgerte sich, daß ihr Herz schneller schlug, vielleicht war sie sogar im Gesicht ein wenig rot geworden.

Oedekoven hatte Susanne kurz angesehen, die Lippen ein wenig geschürzt und hatte wieder die gelben Blumen angesehen.

Hartung wollte Susanne eine kleine Pause lassen und fragte: »Herr Oedekoven, warum haben Sie Frau Kappes in Kaisers Büro eingesperrt?«

Oedekoven lehnte sich zurück und schlug die Beine übereinander: »Warum sollte ich?« stellte Oedekoven eine Gegenfrage und schaute Hartung herausfordernd an.

»Das sagt Frau Kappes, und wir glauben ihr. Und wir können beweisen, daß Sie die alte Dame gefesselt haben. Ihre Fingerabdrücke sind auf dem Pflaster, das sie ihr auf den Mund geklebt haben. Wahrscheinlich gibt es noch weitere Spuren von Ihnen in dem Büro«, sagte Hartung und blickte Oedekoven fest in die Augen, dann sah er wieder Susanne Brentano an.

»Schön blöd von Ihnen, die alte Frau einzusperren«, sagte Susanne Brentano. »Sie hat Ihnen vertraut und sie hatte noch nicht einmal einen Verdacht, daß Sie Kaiser umgebracht haben. - Aber noch was anderes: Warum haben Sie eigentlich zur Tatzeit das Parfüm Arpège in Kaisers Büro versprüht? Natürlich ist es ein Zufall, daß auch Ihre Frau das Parfüm benutzt. Oder ist es gar kein Zufall? Haben Sie sich mit Ihren kaputten Gefühlen vielleicht selbst ein Bein gestellt? Wollten Sie etwa den Verdacht auf Ihre Frau richten und waren überrascht, als Sie mit Frau Kappes die Frau Pützenbach auf der ersten Etage besuchten und feststellten, daß auch sie Arpège benutzt? Es ist übrigens ein sehr schöner Duft, ich hab ihn mir auch besorgt. Frau Kappes hat uns gesagt - und Ihnen wahrscheinlich auch - , daß es in Kaiser Büro stark nach Parfüm gerochen hatte. Wenn ein solcher Duft so stark ist, daß man ihn auch noch nach Stunden riecht, dann muß er schon mit Absicht versprüht worden sein. Ich habe mir den Parfümflakon Ihrer Frau angesehen, er ist nur noch halb voll. Ihre Frau hatte sich schon darüber gewundert.«

Oedekoven schüttelte den Kopf: »Was soll der Quatsch mit dem Parfüm?«

»Sagen Sie endlich, warum haben Sie Frau Kappes festgehalten?« übernahm Hartung das Wort.

Oedekoven stand auf: »Ist ja auch alles egal! Die Alte hat meine Frau in das Büro von Kaiser gehen sehen. Meine Frau hat mir das gesagt, sie wollte beweisen, daß sie nur ganz kurz in dem Büro war. Jetzt wissen Sie es!«

Oedekoven setzte sich wieder hin.

»Und darum haben Sie die Frau eingesperrt und sie bedroht?« schüttelte Hartung den Kopf.

»Ich hab damit gerechnet, daß sie sich irgendwann daran erinnern würde, daß Henriette bei Kaiser war. - Aber den Kaiser habe ich nicht umgebracht!«

Hartung lehnte sich zurück. Er war die ganze Angelegenheit satt. Er mußte es endlich hinter sich bringen. Er griff in seine Jackentasche, holte ein Plastiktütchen hervor, in dem sich ein Sicherheitsschlüssel befand und legte es so vor Oedekoven hin, daß er es von seinem Stuhl aus sehen konnte.

»Erkennen Sie diesen Schlüssel wieder?« fragte Hartung.

Oedekoven zuckte die Schultern, aber richtig ruhigsitzen konnte er auch nicht mehr.

»Herr Oedekoven, diesen Schlüssel haben wir in einer Jackentasche in Ihrer Wohnung gefunden, er paßt auf die Tür von Kaisers Büro. Was sagen Sie dazu?«

Oedekoven schlug die Beine übereinander und verschränkte die Arme vor seiner Brust. Er sah im Büro hin und her, aber sein Blick war fahrig, er wollte sich eine Antwort zurechtlegen, aber er konnte sich nicht konzentrieren. Sein Kopf wollte nicht, er hatte gestern zuviel getrunken.

»Gut«, sagte Oedekoven, war ja blöd von mir. Als wir an dem Morgen den Kaiser fanden, da hing der Schlüssel an der Garderobe, ich hab ihn, ohne zu überlegen, eingesteckt. War blöd von mir.«

Oedekoven versucht ein kleines Grinsen.

»Sie können uns nicht für dumm verkaufen«, sagte Hartung. Er stand auf, ging um seinen Schreibtisch herum, setzte sich auf die Schreibtischkante. Jetzt war er Oedekoven ganz nahe, daß er seinen schlechten Atem riechen mußte. »Ich will Ihnen sagen, was in der fraglichen Nacht passierte! Sie hatten abends Ihre Frau zur Rede gestellt - sie bestätigt das - aber Sie haben ihr nicht geglaubt, daß sie nichts mit Kaiser habe. Immer wieder haben Sie an dem Abend damit angefangen, dann haben Sie sogar auf Ihre Frau eingeschlagen. Da haben Sie ja Übung drin! Und Ihre Wut steigerte sich immer mehr. Es war schon später Abend, Sie sind durchs Haus geschlichen. Sind in den Keller und haben sich Kaisers Ersatzschlüssel geholt. Sie hatten vorher herausbekommen, daß der auf dem Querbalken über der Kellertür lag. Sie wollten unbedingt zu Kaiser, um ihm einen Denkzettel zu verpassen. Aber es war in dieser Nacht einiges im Haus los. Kaiser hatte in der Nacht mehrmals Besuch. Sie mußten warten. Aber das war Ihnen ganz recht, dann konnte der Verdacht auf andere fallen. Erst in den Morgenstunden sind Sie dann bei Kaiser rein, Sie hatten ja den Schlüssel. Kaiser war angezogen, denn er hatte noch geschäftlich zu tun. Wir wissen darüber Bescheid. Sie stellten Kaiser zur Rede, auch ihm haben Sie nicht geglaubt. Da haben Sie den schweren Klebstreifenabroller vom Schreibtisch genommen und auf Kaiser eingeschlagen. Der Hund hat versucht, sein Herrchen zu verteidigen. Hat er Sie ins Hosenbein gebissen? Dann haben Sie auch noch auf ihn eingeschlagen. Wir haben den Klebestreifenabroller untersucht und haben Ihre Fingerabdrücke darauf gefunden!«

Oedekoven sprang auf, er war ganz rot im Gesicht. »Das ist nicht wahr! Ich hatte Handschuhe - « mitten im Satz stockte Oedekoven, sah zur Seite, ließ die Schultern hängen und setzte sich langsam auf seinen Stuhl. Jetzt wußte er, daß es aus war.

Hartung setzte sich wieder an seinen Schreibtisch. Er schaute Oedekoven mitleidsvoll, fast freundlich an, wie ein Arzt seinen schwerkranken Patienten.

»Ja, das mit den Handschuhen stimmt auch. Ihr Frau hat sie für uns aus der schmutzigen Wäsche gesucht. Die Handschuhe hatten Sie an, als Sie Kaiser erschlugen.«

Oedekoven hatte nichts mehr zu sagen, er saß wie abwesend da und starrte an Hartung vorbei auf das Bild mit den gelben Blumen.

13. Februar, Samstagabend ziemlich spät

47.

Dienst ist Dienst und Rotwein ist Rotwein

Susanne Brentano und Karl Maria Hartung hatten endlich mal wieder gemeinsam einen freien Abend. Manchmal sahen sie sich mehr dienstlich als privat.

Sie hatten gemeinsam ein paar leckere Schnittchen gemacht, eine gute Flasche Rotwein geöffnet und saßen nun gemütlich nebeneinander auf ihrem Sofa. Für sie beide war es selbstverständlich, daß sie von Zeit zu Zeit ihre Mahlzeit unterbrachen, sich umarmten und so verliebt küßten, als würden sie sich erst kurze Zeit kennen.

Aber dann richtete sich Susanne doch auf und sagte: »Manchmal denke ich an die Frau Kappes und den Albert Oedekoven.«

Hartung nahm sein Rotweinglas und trank.

»Der Mann ist irgendwie ein armes Schwein«, sagte Hartung. »Er ist wohl mit seiner Frühpensionierung nicht klargekommen, und wahrscheinlich hat er auch die falsche Frau. Er ist sechszehn oder siebzehn Jahre älter als sie. Er hat eine krankhafte Eifersucht entwickelt, überall Nebenbuhler gesehen. Er hat seine Frau beaufsichtigt, als sei sie ein junges Mädchen oder gar sein Eigentum. Es gab laufend Reibereien; welche Frau läßt sich das heutzutage noch gefallen? Die Ehe ging mehr und mehr den Bach hinunter. Dann hat er seine Frau mal aus dem Büro von Kaiser kommen sehen, und gleich behauptet, sie habe ein Verhältnis mit ihm. Frau Oedekoven sagte aus, das sei alles Unsinn. Sie habe sich von ihrem Mann trennen wollen und den Immobilienmakler nach einer Wohnung gefragt. Aber Oedkoeven hat das nicht geglaubt, er hat sich in eine Wut gesteigert und Kaiser umgebracht. Er sagte, er habe es aus Liebe zu seiner Frau getan. Er hat sie als seinen Besitz angesehen, den er nicht verlieren wollte.«

Hartung trank nachdenklich von seinem Rotwein. Eine kleine Wunde hatte auch er auf dem Herzen, die kaum vernarbt war, denn vor gar nicht allzulanger Zeit hatten er und Susanne sich wegen eines anderen jüngeren Mannes für eine Weile getrennt.

Susanne spürte Hartungs Empfindlichkeit. Sie lehnte sich an ihn, sie brauchte sein Vertrauen. Für ein paar Minuten redeten sie nicht.

»Und was ist mit diesem Herrn Hillenkamp und den Geschäften des Toten?« fragte dann Susanne mit gespielter Munterkeit.

Hartung zuckte die Schultern.

»Sieht so aus, als habe Kaiser mit Rauschgift gehandelt. Konsumenten oder kleine Dealer suchten ihn im Büro und zu Hause auf. Vermutlich haben Hillenkamp und Kaiser Geschäfte miteinander gemacht. Möglicherweise auch illegale. Vielleicht sollte man diesem feinen Geschäftsmann mal auf die Finger sehen, aber das ist nicht unser Bier. Wir haben dem Finanzamt einen Hinweis gegeben. Wird wohl nicht viel dabei rauskommen«, sagte Hartung ernst und wenig hoffnungsvoll.

»Ich werde mich mal um die Paula Kappes kümmern«, sagte Susanne.

»Tu das«, sagte Hartung, »und jetzt bleibt Dienst Dienst und Rotwein Rotwein! Komm gieß mir noch ein! Heute muß ich nicht mehr Auto fahren. Und du weißt, daß mich Rotwein anmacht!«

»Oh je, was sind der Herr Kriminalhauptkommissar verrucht!« lachte Susanne.

Ende

Bönnsche/Rheinische Krimis

PETER ASSION
Der tote Penner
Mord am Funkenmariechen
Muffensausen
Der Kamellendieb
Hermine Pfefferkorn schnallt ihr Bein ab
Lombardo und die Tote im Rhein
Treffpunkt Münsterplatz
Der alte Mann und das Mädchen - Ein Siegburg-Krimi
Tod im Stadthaus
Herbstblätter
Das Mädchen am Fenster
Dreck am Stecken - Mord in Vilich
Der Katzenmörder von Rheinbach
Der fiese Möpp von Muffendorf
Mord im Münster
Rache am Drachenfels
Der vergiftete Joghurt - Erpressung in Sankt Augustin
Das Waschweib - Eine Beueler Kriminalgeschichte
Schüsse am Rodderberg - Mord in Mehlem
Spuren am Hals - Mord in Siegburg - Kriminalroman

HORST BURSCH
Rübe ab - Der Machetenmord im Vorgebirge
Ufos über Üllekoven

URSULA SCHMITTEN
Sommersemester
Das Fenster zum Garten - Ein Hangelar-Krimi
Tod am Pressehaus

INGRID SCHAMPEL
Feindliche Brüder

Rheinische Geschichten

PETER ASSION
Frieda Klapperich: So is dat!
Frieda Klapperich: Na und?!
Die Klapperichs - Szenen einer rheinischen Ehe
Immer wieder Frieda
Die Bescherung - Festliche Geschichten mit Frieda Klapperich
Jan, Therese und die Andere -Eine rheinische Liebesgeschichte
Entweder et ränt, oder de Schranke sin zo - Redensarten

MARCELL FUCHS
Mahlzeit - Humorvolle Geschichten aus einem rheinischen Kaufhaus

S. HINTERKAUSEN
Niobe

ADELINE AHLERS
Lebe wohl, Elisabeth!

HEINZ THEO HONNEF
ne Ratsch em Kappes

Gereimtes

PETER ASSION
Nu lur ens - Bonner Ansichten

ERICH HÖHNER
gerupft - Heitere Gedichte
Korn um Korn - Heitere Gedichte

LIESELOTTE NERLICH
aufgespießt - Lilos Reimereien

Heimatbuch

Dr. HORST BURSCH
Bacchus im Vorgebirge

Dr. DIETER PARTZSCH
Kennen Sie Kessenich?

Kinderbücher

PETER ASSION
Jonathan, das kleine Schloßgespenst
Die Gespenster-Detektive
Ein Pfennig zu wenig - Bonn-Krimi für Kinder
Kuddel-Muddel
Das kleine Gespenst vom Drachenfels